KB044263

여행은
결국,

누군가의
하루

여행은
결국,
누군가의
하루

500일간의
세계여행 끝에
마침내 알게 된 것들

정태현 지음

미래책들

여행을 시작하며

무척이나 더운 어느 날, 델리에서 릭샤를 탔다. 릭샤 기사는 기름칠을 잔뜩 한(혹은 오랫동안 감지 않은) 머리를 정성스럽게 빗어 넘긴 젊고 유쾌한 인도인이었다. 편한 옷차림을 하거나 아예 웃통을 벗은 다른 릭샤 기사들과 달리, 검은 양복 차림에다 맨발에 구두를 구겨 신고 있었다. 세계 일류 대학 중 하나로 손꼽히는 델리 대학교에서 마케팅을 전공했다는 그는 갈수록 치열해지는 릭샤 시장에서 살아남기 위해 고급화 전략을 쓰는 중이라고 했다. 나는 땀을 뻘뻘 흘리며 페달을 밟는 기사에게 도움이 될까 싶어 그간의 여행 이야기를 들려주었다. 흥미롭

게 귀를 기울이던 그는 이야기가 끝나자 내게 특유의 유쾌한 태도로 지금까지 한 이야기를 책으로 써보면 어떻겠냐고 말했다. 그러면서 릭샤 요금은 이야기 값으로 대신하겠다고 했다. 꽤나 독특한 인도인이 릭샤 요금을 마다할 정도로 재미있게 들었다면 이 이야기가 세상에 나와도 괜찮지 않을까 생각했다.

이 책은 그렇게 세상에 나왔던 책의 개정증보판이다. 꽤나 시간이 흘러 서른도 되기 전에 쓴 첫 책을 읽자니 손을 대고 싶은 부분이 자꾸만 눈에 띄었다. 새파란 젊은이가 1년 반 넘게 세계를 떠돌며 느낀 바를 적어 내려간 글은 자유롭다 못해 책에 과연 이런 말을 써도 될까 싶을 정도로 당돌해 보였다. 하지만 생각을 바꾸었다. 나이 든 사람이 젊은 사람의 글을 함부로 고치는 건 예의가 아닌 듯했다. 젊은 작가가 말하려는 바를 해치지 않으면서, 전달하려는 내용을 미처 담지 못했던 서툰 문장을 바로잡는 것을 이번 개정증보판을 내는 제일의 목표로 삼았다.

첫 책이 나오고 나서 독자분들로부터 여행기에 왜 여행 사진이 하나도 없느냐는 항의를 많이 받았지만, 죄송하게도 이번 개정증보판에도 사진은 없다. 결론부터 말하자면, 일부러 싣지 않은 게 아니라 책에 실을 만한 사진이 없다. 1년 반 넘게 여행하는 동안, 300장쯤 되는 사진을 찍었다. 그중 절반은 코스타리카에서 찍은 개미 사진이다. 코스타리카에서 유명하다는 화산을 보러 가던 길에 난생처음 보는 엄청난 개미 떼를 발견했다. 화산에 가려던 계획을 취소하고 하루 종일 개미 떼를 구경했다. 흔히 경험할 수 없는 특별한 순간인 만큼 사진으로 남겨둬야겠다 싶어 무작정 찍다 보니 온통 개미 사진만 남았다. 관광 명소는 인터넷에 이미 멋진 사진이 많이 올라와 있는데 굳이 나까지, 라는 생각이 들어 찍지 않았고, 나머지는 여행하며 만나 친해진 사람들과 남긴 기념사진들이다.

코스타리카에서 개미 떼를 발견한 일은 당시에는 다시없을 대단한 순간이라 여겼지만, 이 책에는 실리지 못했다. 시간이 지나자 감흥이 모두 사라져버렸기 때문이다. 반대로 당시에는 대수롭지 않았던 일이 시간이 지나며 점차 가치를 지니게 된 경우도 있는데, 이 책에 담긴 대부분 이야기가 바로 그렇다.

개미 이야기가 나오지 않는 여행기에 차마 개미 사진을 실을 수는 없었기에, 독자 여러분의 상상력을 너그럽게 빌려주시길 부탁드린다. 책 속의 소소한 장면들이 여러분의 기억 속 어느 순간과 맞닿아 특별한 장면으로 펼쳐진다면 작가로서는 더없이 기쁠 것이다.

차례

새롭고
신선한 이야기

"음, 그런 이야기 말고 새롭고 신선한 이야기는 없습니까?"

업무상 중요한 사람이 따분한 표정을 지으며 내게 이렇게 물어올 때면 나는 돈을 주고서라도 그런 이야기를 사고 싶었다. 눈앞에서 하품만 하던 그는 결국 자리를 떠버렸다. 하긴, '요즘 투자하기엔 브릭스 국가가 좋습니다. 브라질 GDP는 어떻고, 중국 시장 상황은 어쩌고저쩌고……' 하는 이야기는 누구도 좋아할 리 없었다. 나 역시 회사 밖에서까지 그런 이야기를 들어야 한다면 지루하다 못해 절망스러울 것이다. 하지만 언제부턴가, 정확히는 회사를 다니면서부터 이런 이야기가 아니면 사람들에게 해줄 이야기가 없어졌다.

나는 바에 덩그러니 남겨졌다. 바텐더가 '이봐, 정말 그게 최선의 이야기였어? 당신 인생에는 재미있는 이야기가 그토록 없는 거야?'라는 표정을 지었다. 나는 그의 눈을 피하며 위스키 한 잔을 입 안에 털어 넣었다.

'어쩌자고 계속 새롭고 신선한 이야기를 바라는 거야? 내가 무슨 주크박스도 아니고.'

나는 위스키 한 잔을 더 시켜서 단숨에 들이켰다. 그러자 용기가 솟아올랐다. 직장인인 나는 이렇게 하루에도 몇 번씩 쉽게 좌절했고 또 쉽게 용기를 냈다.

　"그래. 까짓것! 새롭고 신선한 이야기가 듣고 싶다면 만들어주겠어."

　나는 불쑥 솟아오른 용기를 주체하지 못하고 그만 크게 외치고 말았다. 깜짝 놀란 바텐더가 하마터면 닦던 컵을 떨어뜨릴 뻔했다.

　이때까지만 해도 새롭고 신선한 이야기를 만들어보자는 시도가 어떤 결과를 가져올지 나는 전혀 모르고 있었다. 잘 다니던 회사를 그만두고 500일 넘는 힘든 여행을 떠나게 되리라는 걸 미리 알았더라면, 이런 끔찍한 시도 따윈 결코 하지 않았을 것이다. 업무상 만나는 사람에게 재미있는 이야기를 들려주려고 회사를 그만두는 사람이 세상에 어디 있단 말인가? 게다가 나는 다니는 회사에 만족하고 있었다. 유명한 금융회사 이름과 내 이름이 나란히 적힌 명함을 건넬 땐 어깨에 힘이 들어갔고, 멋진 양복을 입고 사람을 만날 때면 나도 모르게 우쭐했다.

　어쨌든 갑작스러운 용기에 들뜬 나는 새롭고 신선한 이야기를 어떻게 만들어낼지 고민을 거듭했다. 그리고 고민 끝에 서울에서 부산까지 자전거로 가보자는 결론을 내렸다. 정말 밑도 끝도 없는 생각이었다. 나는 자전거 타는 걸 좋아하지도 않는 데다 마지막으로 자전거를 타본 게 언제인지 기억조차 나지 않았다. 그저 자전거를 타고 서울에서 부산까지 가다 보면 괜찮은 이야깃거리가 만들어지지 않을까, 하는 생각뿐이었다.

결심한 지 한 달 만에 나는 부산을 향해 출발했다. 시계를 보니 새벽 3시였다. 밀린 회사 일을 처리하느라 세 시간도 자지 못한 데다 며칠 전 한강에서 이번 여정을 위해 새로 산 자전거를 처음 타보다 금세 지쳐버렸던 일이 떠올라 두려움이 앞섰다. 하지만 오렌지 불빛을 머금은 한강을 따라 고요한 서울 도심을 가로지르니 모처럼 상쾌한 기분을 느낄 수 있었다. 하루 종일 모니터 두 대 안에서 움직이는 수많은 차트만 보던 내게 이번 여정은 정말 오랜만에 떠나는 외출이었다.

'가다 못 가면 마는 거지 뭐. 그냥 즐기다 오자.'

생각이 여기까지 미치니 바람을 맞으며 자전거 타는 일 자체가 그저 행복하게 느껴졌다.

해가 떠오르기 시작할 때였다. 나는 도시를 벗어나는 경계선에서 사이클링을 하는 사람 네 명을 만났다. 그중 세 명은 같은 은행에서 은퇴한 50대 중년 남성으로, 오랜 친구

사이였다. 나머지 한 명은 프리랜서 기자로, 내 또래 청년이었다. 네 사람의 가슴과 등에는 '서울에서 부산까지 20시간 안에 돌파'라고 적힌 천이 매달려 있었다. 그들은 자전거로 서울과 부산을 여러 차례 오가며 주행 시간을 단축해가고 있었고, 이번에 시도하는 20시간은 그들이 속한 자전거 동호회에서 상당히 상징적인 시간대라고 했다.

나는 그들에게 함께 달려도 되는지 물었다.

"뒤에서 따라오는 건 상관없는데, 뒤처지면 기다려줄 순 없어요."

나는 고개를 끄덕였다. 그들과 스무 시간 안에 부산까지 갈 수 있다면 더 멋진 도전이 될 것 같았다. 도전은 어렵고 구체적일수록 더욱 인정받기 마련이니까.

우리는 바람 저항을 줄이려고 고개를 숙인 채 일렬로 달렸다. 나는 빠르게 돌아가는 앞사람 자전거의 뒷바퀴를 바라보며 이 도전에 성공하면 누구에게 자랑할지 떠올렸다. 나를 괴롭히는 이유가 사실은 나를 아기기 때문이라는 이상한 논리를 펼치는 부장님이라면 이런 이야기를 참 좋아하실 거라 생각하며 미소 짓던 그때였다. 중간에서 달리던 프리랜서 기자가 작은 돌에 걸려 넘어졌다. 그 바람에 그 뒤를 따르던 아저씨 한 명과 나 역시 도로에 나뒹굴고 말았다. 회사 밖에서 부장님 생각을 할 때면 늘 좋지 않은 일이 일어났는데, 이번에도 어김없었다.

욱신대는 옆구리를 살펴보니 커다란 멍이 들어 있었다. 그래도 자전거를 타는 데는 지장이 없었다. 나는 오히려 이 멍이 이번 도전을 더욱 근사한 이야기로 꾸며줄 영광의 상처가 될 수 있겠다는 생각에 기쁘기까지 했다. 하지만 넘어진 아저씨는 크게 다친 모양인지 일어서지도 못했다. 우리는 마을이라고는 전혀 보이지 않는 한적한 시골 국도 한가운데에 있었다.

나와 프리랜서 기자가 도로에 누워 신음하는 아저씨를 걱정하고 있을 때 다치지 않은 두 아저씨는 손목시계만 초조하게 바라봤다. 잠시 후 눈빛을 교환하며 고개를 끄덕인 둘은 넘어진 아저씨에게 다가와 말했다.

"이봐. 상황은 안타깝지만, 자네가 이해해야지 어쩌겠나. 자네 한 명 때문에 모두가 목표를 포기할 수는 없잖아?"

두 아저씨는 자전거에 올라타며 말했다.

"시간이 없으니 우린 그만 가자고."

나와 프리랜서 기자는 두 사람이 시답잖은 농담을 하는 줄 알았다. 하지만 두 사람은 서둘러 자리를 떴다. 농담이 아니었다. 그들은 스무 시간 안에 부산에 도착하기 위해 오랜 친구를 길 위에 버려두고 떠났다.

　나는 모두와 헤어진 뒤 페달을 밟으며 무언가 잘못되었다는 걸 느꼈다. 서울에서 부산까지 완주하지 못했다고, 혹은 스무 시간 내에 부산에 도착하지 못했다고, 은퇴한 그들에게 "뭐라고? 부산까지 스무 시간 안에 못 갔다고! 당장 시말서를 쓰게. 자네는 왜 하는 일마다 그 모양인가? 분명히 스무 시간 안에 갈 수 있다고 계획서를 제출하지 않았나?"라고 닦달할 상사가 존재할 리 없었다. 마침내 회사에서 벗어났구나 싶었더니 이제는 인생사에서 가장 지독한 상사인 자기 자신이 기다리고 있었다. 그들은 은퇴 후에도 스스로 목표를 세우고 계속 달성해야만 직성이 풀릴 터였다.

　아무리 그렇다 한들 일어서지도 못하는 친구를 어딘지도 모르는 곳에 버려두고 떠나다니, 이건 해도 해도 너무했다. 하지만 시간이 지날수록 두 아저씨에게 마냥 비난을 퍼부을 수만은 없게 됐다. 그들에게 던졌던 비난이 어느 순간 나 자신을 향했기 때문이다.

　'더욱 높게, 더욱 멀리, 더욱 빠르게!'

　누가 봐도 스포츠 용품 광고라고 생각될 이 문구가 내 삶의 목표였다.

　나는 부산으로 가는 내내 처음으로 내 인생이 잘못 흘

러가고 있는 건 아닐까 생각했다.

'나는 얼마나 성공해야 만족할 수 있을까? 대리가 되면? 부장이 되면? 이사가 되면? 사장이 되면?'

잠시 자전거를 멈추고 그들을 떠올려보았다. 그 누구도 현재에 만족하지 않았다. 그저 더 높은 목표를 바라보며 앞으로 달릴 뿐이었다. 성공에는 천장이 존재하지 않았다. 채워질 수 없는 것, 어쩌면 그것은 처음부터 존재하지 않는 것인지도 몰랐다.

나는 내 인생에 불안을 느꼈다.

모든 이의 가슴속엔
안나푸르나가 있다

내가 일하는 회사 책상 칸막이에는 히말라야 설산이 펼쳐진 대형 브로마이드가 붙어 있다. 하얀 휘파람 같은 눈보라가 오싹할 정도로 새파란 하늘을 수놓고 있는 장면은 온몸이 부르르 떨릴 정도로 굉장했다. 그런 설산 사이에서 업무를 보다 보면 상쾌한 기분까지 들었다. 그렇다고 좋은 점만 있었던 건 아니다. 회사 사람들이 업무를 넘겨서 미안하고 고맙다는 말 대신 업무가 내게 넘어오지 못하도록 거대한 산을 쌓아둔 게 아니냐며 비아냥거렸기 때문이다.

물론 그런 연유로 히말라야 풍경을 선택한 건 아니었지만 그들이 하는 말을 들은 다음부터는 정말로 업무들이 에베레스트나 K2 즈음에서 조난되길 바랐다. 그런 높은 곳에서 죽으면 다른 이들이 그 시체를 데리고 내려오지 못해 설산에 외로운 시체로 남는다는 이야기를 들은 적이 있다. 나는 내게 왔어야 할 업무들이 설산 깊은 곳에 백골이 된 채 쓰러져 있는 걸 바라보면 참 행복하겠다 싶었다. 하지만 업무는 조난 따위를 당할 녀석이 아니었다.

회사 사람들의 오해와는 달리 그 브로마이드를 붙여놓은 진짜 이유는 나 자신을 회사에 묶어두기 위해서였다. 나는 인생에 불안을 느끼고 있었다. 하루에도 몇 차례씩 월급

통장을 확인했고, 굳이 필요 없는 것을 사들이기도 했으며, 여러 가지 보험에 들기도 했다. 하지만 불안은 그치지 않았다. 나는 이 불안이 내 삶을 송두리째 앗아가는 건 아닐까 두려웠다. 그럴 때마다 브로마이드 안 설산으로 숨어 들어가 한 할아버지를 떠올렸다.

그 할아버지를 만난 건 4년 전 네팔에서 안나푸르나를 오를 때였다. 산을 오르기 시작한 지 이틀째 되던 날 아침, 전날 만났던 영국인 할아버지가 굉장히 슬픈 표정을 짓고 있었다. 얼마나 슬픈 표정이었는지, 할아버지 얼굴은 가물가물하지만 표정만큼은 너무나도 또렷하게 기억난다. 간혹 사람 표정이 얼굴보다 오래 기억되곤 하는데, 얼굴은 머리에 기억되고, 표정은 마음에 기억되기 때문인 것 같다.

나는 할아버지가 왜 저리 슬픈 표정을 짓고 있을까 궁금했다. 하루 전만 해도 그 누구보다 행복한 미소를 짓고 있었기 때문이다. 영국에서 회사원으로 일하다 은퇴하고 나서 이곳에 왔다는 할아버지는 밝은 목소리로 내게 물었었다.

"이보게. 젊은이. 내가 영국에서 안나푸르나까지 오는데 얼마나 걸렸을 거라고 생각하나?"

"글쎄요. 열두 시간 정도 걸리지 않았을까요?" 내 대답에 할아버지가 웃으며 말했다.

"여기 오기까지 30년이 걸렸다네."

할아버지가 안나푸르나에 와야겠다고 생각한 건 30년 전이었다. 잡지에 소개된 안나푸르나의 아름다운 모습에 반해 그 사진을 오려 액자에 넣어두고 저기에 가야지, 라고 생각한 게 벌써 30년이 되었다고 했다. 오랜 소원을 이뤘으니 어찌 행복하지 않겠는가. 하지만 이튿날 만난 할아버지는 한없이 슬퍼 보였다. 도대체 할아버지에게 무슨 일이 있었던 걸까?

"할아버지, 왜 그렇게 슬퍼하세요? 평생 오고 싶어 하던 곳에 오셨잖아요."

"다리가 움직이질 않아. 이젠 너무 늦었어. 더 이상 올라가는 건 무리야. 방금 짐꾼과 이만 내려가기로 결정했다네."

할아버지가 울음을 쏟아낼 듯 대답했다. 한숨을 푹 내쉰 할아버지가 다시 입을 뗐다.

"지난 세월 동안 정말이지 이곳에 올 기회는 많았어. 휴가 때마다 안나푸르나에 가자고 하면 와이프는 그런 추운 곳 말고 근사한 호텔이 있는 따뜻한 섬으로 가자고 했지. 그래서 지금은 이름도 기억나지 않는, 사람들로 북적거리는 지중해의 어느 섬으로 휴가를 가곤 했어. 시간이 좀 날까 싶을 때면 꼭 회사에 중요한 일이 생겼지. 정말 내가 여기 와야겠다고 결심했을 때는 자식들이 결혼을 한다더군. 나는 항상 다음 기회가 있을 거라고 생각했어. 결국 은퇴를 하고, 따뜻한 섬을 광적으로 좋아하는 와이프와 이혼을 하고, 자식들을 모두 결혼시킨 다음에야 여기 올 수 있었다네. 그런데 모든 일을 마치고 왔더니 너무 늦어버렸어. 눈앞에 평생소원을 두고서 더 이상 올라갈 수가 없으니 말이야."

당시 나는 팔팔한 대학생이었기 때문에 안나푸르나 베이스캠프까지 어려움 없이 올라갔다. 그리고 생각했다. '나는 할아버지처럼 너무 늦지 않게 안나푸르나에 왔으니 앞으로 앞만 보며 내가 세운 계획들을 향해 나아가면 되겠구나.'

이후 시간은 정말 바람처럼 흘러갔고 할아버지에 대한 기억도 점점 희미해졌다. 나는 대학을 졸업했고, 회사원이 되었고, 내가 원하는 것에 점점 더 다가가고 있었다. 하지만 어느 날, 갑작스레 불안이 찾아왔다. 나는 이 불안을 설산 속에 감춰보려 노력했지만 헛수고였다. 오히려 이 설산들은 일부러라도 떠올리고 싶지 않았던 할아버지의 마지막 말을 불러왔다.

"위험을 피하려고만 하며 살지 말게. 그러면 그 인생이 가장 위험한 인생이 되어버린다네."

가슴이 철렁 내려앉았다. 나는 지금껏 위험을 피하기 위해서만 살아왔다. 하고 싶은 것이 아니라 안전해 보이는 것을 얻기 위해 살아왔다. 하지만 할아버지의 말이 떠오른 이상 그동안 피하기만 했던 가슴속 깊은 곳의 질문과 마주해야만 했다. 모든 이의 가슴속엔 자신만의 안나푸르나가 있는 게 아닐까? 그렇다면 나만의 안나푸르나는 어디에 있는 걸까? 그곳으로 가려는 내 발목을 붙들고 있는 것은 무엇일까? 내가 피하려고 했던 위험은 무엇일까? 성공. 이 한마디를 뺀다면 내게 남는 것은 무엇일까?

안전한 삶이 아닌, 내가 살아가고 싶은 삶이란 어떤 삶일까? 알 수 없었다. 나는 길을 잃었다.

기묘한 노인과 흰 소,
그리고 인생 수첩

생각해보면 인생길에서 헤맸던 게 이때가 처음은 아니었다. 내가 처음 길을 잃은 때는 스물일곱 살이던 해의 겨울이었다. 당시 나는 11월 인도의 뜨거운 태양 아래, 진흙을 대충 쌓아 올린 낮은 돌담의 그림자 안에 들어앉아 잔뜩 웅크리고 있었다. 델리역의 대단한 인파에서 겨우 벗어나 한적한 골목에 앉아 있으니 다른 세상에 온 것 같았다. 더군다나 큰 눈을 깜빡이며 주변을 맴도는 흰 소 한 마리 때문에 지금 내가 꽤나 긴 꿈을 꾸고 있는 게 아닐까 싶었다.

내 앞을 어슬렁거리던 흰 소가 바닥에 놓아둔 무거운 배낭에 잠시 관심을 두다가 이내 내가 들고 있던 수첩 쪽으로 고개를 돌렸다. 이 녀석이 수첩을 먹어버릴 수도 있겠다는 생각에 손을 몇 번 휘저었다. 덩치에 맞지 않게 흠칫 놀란 소는 '이봐. 놀랐잖아! 별것도 아닌 먹을거리 가지고 너 무하는 거 아니야?'라는 표정을 지으며 반대쪽 골목길로 사라졌다.

나는 흰 소가 탐내던 수첩을 바라보며 그날 있었던 일을 다시 떠올렸다. 그날은 이상하리만치 아침부터 기분이 좋았다. 델리에 도착한 뒤로 이틀간 수첩에 적어놓은 곳들을 알차게 돌아다녔고, 인도 여행의 하이라이트인 타지마할

의 도시 아그라로 갈 생각에 절로 웃음이 나왔다. 델리역에
도착했다.

"아그라로 가는 표 한 장요."

"없어."

역무원이 불친절한 말투로 대답했다.

"내일은요?"

"없어."

"이틀 뒤는요?"

"없어."

"그럼 도대체 언제 표가 남아 있나요?"

"지금은 디왈리(빛의 축제) 시즌이오. 아그라에는 2주
뒤에나 갈 수 있어. 그때 표라도 필요한가?"

역무원의 무뚝뚝한 음성은 시바신(파괴의 신)의 음성처
럼 모든 것을 무너뜨리기 시작했다. '여긴 외국이니까 그럴
수도 있지, 뭐!'라며 어떤 일도 웃고 넘기던 견고한 이해심
과 인내심이 순식간에 무너져버렸다. 그러자 이국적이라 치
부했던 향신료 냄새와 인도인의 땀 냄새가 불쾌하리만큼 강
렬하게 끼쳐 와 정신까지 혼미하게 했다. 그제야 나는 완벽
히 인도에 떨어지고 말았다는 것을 깨달았다.

나는 순식간에 이질적으로 변해버린 공간 속에 멍하니

서 있을 수밖에 없었다. 곧 뒤에서 줄 서 있던 인도인이 나를 창구 앞에서 밀어냈고, 나는 창구로 모여드는 인도인들에게 다시 떠밀려 대합실 한가운데에 버려졌다.

양손에 무거운 보따리를 들고 기차를 타러 가는 중년 여자. 기차에서 내려 휴대폰으로 통화를 하며 어딘가로 급하게 뛰어가는 젊은 남자. 델리 역에 있는 모든 이가 나를 밀치며 가고자 하는 곳으로 사라졌다. 갈 곳 없는 사람은 나뿐이었다. 내가 멍하니 서 있는 틈을 노려 한 남자가 슬쩍 내 주머니에 손을 넣어보고는 별다른 소득 없이 인파 속으로 사라졌다. 나는 우선 델리역을 빠져나가야겠다고 생각했다.

역을 나서자 이번엔 노란 흙먼지가 기다렸다는 듯 내 왼쪽 눈을 공격했다. 흙먼지 바람은 델리역에 도착했을 때부터 대단한 원한을 지닌 혼령처럼 불어댔다. 눈물을 흘리며 오른쪽 눈만 간신히 뜨고 있는 내게 이번엔 릭샤 기사 한 무더기가 달려들었다.

"웨얼 아 유 고잉, 써?"

릭샤 기사들이 내게 행선지를 물었다. 하지만 그건 누구보다도 내가 알고 싶었다.

"익스큐즈 미, 써. 웨얼 아 유 고잉 써? 써. 써. 웨이트!"

그들에게 쫓기다가 어딘지도 모를 골목길에 들어선 나

는 그대로 주저앉아 왼쪽 눈에 들어간 흙먼지가 빠져나오
길 기다렸다. 조금 기다리자 흙먼지가 눈물에 섞여 흘러나
왔다. 하지만 나는 여전히 갈 곳이 없었다. 오히려 흙먼지가
눈에 들어가 있던 순간이 더 나았는지도 몰랐다. 흙먼지가
사라짐과 동시에 이곳에 앉아 있을 이유도 사라져버렸다.
릭샤 운전사의 음성만이 소라 껍데기 속 파도 소리처럼 귓
바퀴에 맴돌았다.

　　웨얼 아 유 고잉, 써? 웨얼 아 유 고잉, 써? 나는 어디로
가야 하는 걸까?

　　사실 나는 취업을 앞둔 중요한 시기에 인도에 왔다. 선
배와 친구들은 학점을 더 올리고, 자격증이라도 하나 더 따
야 할 중요한 시기에 무슨 인도 여행이냐며 핀잔했다. 내가
어디로 가야 할지 모르겠다고 말할 때면 "그렇다고 손 놓고
있을 순 없잖아. 뭐라도 해야 하지 않겠어? 그래야 어디든
지금보다 쉽게 갈 수 있으니까"란 말이 돌아왔다. 하지만 그
런 인생은 특별히 가려는 곳도 없이 열심히 노를 젓는 일과
다를 바 없었다. 나는 열심히 노를 저어왔다. 그러다 문득
노질을 멈추고 주위를 돌아보았다. 나는 어딜 바라보든 수
평선밖에 보이지 않는 망망대해에 떠 있었다. 끝없이 노를

저으면 내가 가고자 하는 곳에 더욱 가까워질지, 오히려 멀어지기만 할지 알 수 없었다. 머릿속에 하나의 물음만 떠올랐다.

'나는 대체 어디로 가야 하는 걸까?'

나는 어디론가 떠나 홀로 사색에 잠겨 이 물음에 대한 답을 찾고 싶었다. 가난한 대학생이었던 나는 저렴한 인도행 티켓을 발견해 그길로 인도로 떠나왔다.

하지만 겨우 몸을 숨길 수 있는 그림자 속에 웅크려 인생에 대해 생각하기는커녕 지금 당장 어디로 가야 할지도 모르는 상황에 놓여버렸다. 이럴 줄 알았다면 인도에는 결코 오지 않았을 텐데. 기대했던 여행이 엉망진창이 되어가고 있다는 생각에 괴로웠다. 시간은 나의 괴로움과 상관없이 잘도 흘러갔다. 이따금 약한 바람이 불어왔다. 소가 지나갔고, 개미가 줄지어 이동했으며, 파리가 쇠똥 위로 열심히 날아다녔다. 뜨거운 태양은 점점 중천으로 올라갔다. 담장 그림자가 짧아질수록 나는 몸을 더욱 움츠려야 했다.

툭. 툭.

절망에 빠져 있던 나를 건드린 건 기묘한 기운이 감도는 노인이었다. 노인은 맨발에 누더기를 걸치고 있었다. 검은 얼굴에는 무겁고 느린 기차가 지나간 듯 깊은 주름이 가득했다. 골격이 드러날 정도로 마른 얼굴 탓에 큰 눈이 더욱 도드라져 보였다. 언제 감았는지 모를 긴 머리카락은 굵은 밧줄처럼 엮여 머리 위에 새 둥지인 양 놓여 있었다. 당장이라도 파랑새 한 마리가 날아와 머리 위에 앉을 것만 같았다. 지금 정말 꿈을 꾸고 있는 게 아닐까?

그때 노인이 입을 열었다.

"왓쯔 유어 프라블롬?"

나는 노인을 슬쩍 쳐다보고는 다시 고개를 숙였다. 돈을 달라고 치근댈 것 같았다.

"무엇이 문제인가?"

노인이 다시 물었다. 나는 고개를 들어 그냥 쉬고 있는 중이라고 답했다. 하지만 노인은 뭔가 알고 있다는 듯 겨울 나뭇가지 같은 앙상한 손으로 나를 툭, 툭 쳐대며 다시 물었다.

"무엇이 문제인가?"

나는 그 어느 때보다도 혼자만의 시간이 절실했다. 몇 번이나 가달라고 부탁했는데도 아랑곳 않고 여전히 나를 툭, 툭 쳐대는 노인 때문에 결국 화가 치밀었다.

"제발 좀 가요! 혼자 있게 내버려두라고요."

하지만 노인은 조금도 당황한 기색 없이 다시 물었다.

"그대는 무엇이 문제인가?"

그제야 나는 이 노인이 내 대답을 듣지 않으면 사라지지 않을 끈질긴 인도인이라는 것을 알아차렸다. 하는 수 없이 입을 열었다.

"아그라로 가려고 했는데 기차표가 없어서 이제 어디로 가야 할지 생각하는 중이에요."

노인이 기차표를 구해줄 위인으로는 보이지 않아서 "거참, 안됐군" 하며 가던 길을 갈 줄 알았다. 하지만 노인은 아그라 다음에는 어디로 가려고 했는지 물어왔다.

"바라나시요."

나는 노인과의 대화가 무의미하다고 생각했지만 이미 대단한 하루를 보내며 지쳐버려서 포기하는 심정으로 노인이 하는 모든 질문에 대답을 하고 있었다.

"그대는 인도에 처음인가?"

"네, 처음입니다."

"그대는 왜 인도에 왔는가?"

"그냥 인도에 와보고 싶었습니다."

"오고 싶던 곳에 이미 와 있는데 또 무엇이 걱정인가?"

순간 이 기묘한 노인이 하는 말에 잠시 설득되었다. 하지만 손에 든 수첩이 눈에 띄자 다시 정신이 들었다.

"저는 아그라에도 가야 하고, 또 바라나시에도 가야 합니다."

"그대는 왜 아그라에도 가야 하고, 바라나시에도 가야 하는가?"

"아그라에 타지마할이, 바라나시에 갠지스강이 있으니까요."

나는 노인에게 수첩을 보여주었다. 그 안에는 인도 여행 계획이 빼곡하게 적혀 있었다. 많은 시간과 공을 들여 세운 계획이었다.

"이건 무엇인가?"

노인이 물었다.

"이번 인도 여행의 계획입니다."

내 대답을 들은 노인이 슬그머니 내 수첩을 가져가더니 북북 찢었다. 찢긴 종잇조각이 누런 흙바닥에 아무렇게나 흩어졌다. 갑자기 나타난 흰 소가 찢긴 종잇조각을 모조리 주워 먹었다.

어이가 없었다. 처음 본 사람의 수첩을 어떻게 저렇게 갈가리 찢어버릴 수 있지? 그리고 흰 소는 언제 다시 나타난 거야? 너무 놀라 한동안 입을 다물지 못하고 있다가 정신이 번쩍 들었다.

"당신이 무슨 짓을 했는지 알아? 이제 난 어디에도 갈 수 없다고!"

나는 벌떡 일어나 화를 내며 소리쳤다.

하지만 노인은 아랑곳하지 않고 오히려 쩌렁쩌렁한 목소리로 말했다.

"내 잘못이라고? 아니야. 그대를 움직이지 못하게 한 것은 나도, 기차표도 아닌 바로 그대가 세워둔 계획이야. 누가 그대에게 그 계획을 강요했나? 그대를 구속하고 있는 건 바로 그대 자신일세."

말을 마친 노인은 나를 지나쳐 골목 안으로 사라졌다. 흰 소도 노인을 따라 사라졌다. 나는 한참 동안 그 자리에 멍하니 서 있었다.

약한 바람이 불어왔다. 소가 지나갔고, 개미가 줄지어 이동했으며, 쇠똥 위로 파리가 날아다녔다.

계획이 사라진 나는 배낭을 메고 델리역으로 돌아가 어디든 좋으니 바로 떠날 수 있는 기차표를 달라고 했다. 그리고 델리를 벗어나 새로운 여행을 시작할 수 있었다.

나는 그 노인이 내게 무엇을 말하려 했는지 오래도록 깨닫지 못했다. 그리고 긴 시간이 지난 뒤에야 다시금 그 기묘한 노인을 떠올렸다. 나는 길을 잃었다는 걸 알면서도 미리 세워둔 완벽한 인생 계획을 꽉 움켜쥐고 있었다. 오래전부터 계획하고 실천해온 인생을 한순간에 버리고 계획에 없던 인생으로 나아가기가 두려웠다. 하지만 기억 속 노인의 목소리는 단호했다.

"그대를 구속하는 건 바로 그대 자신일세."

이번에는 나 대신 수첩을 찢어줄 노인도, 찢긴 종잇조각을 먹어치워줄 흰 소도 없었다. 이번에는 직접 결정할 수밖에 없었다.

다음 날 나는 회사에 사표를 던졌다.

"그대를 구속하는 건
바로 그대 자신일세."

바깥세상의 온도

사직서를 내고도 하던 업무를 인계하기 위해 회사에 더 다니는 동안 많은 사람이 나를 찾았다. 무척이나 의욕적으로 일하던 사람이 갑자기 회사를 그만둔다고 하니 다들 의아했던 모양이다. 그들은 내가 사직하는 이유를 믿고 싶은 대로 믿어버렸다.

"이해해요. 저도 일이 힘드니까."

"이해해요. 저도 사실 상사 밑에서 일하는 게 힘들어서 회사를 옮길까 생각했거든요."

일이 힘든 사람은 내가 일이 힘들어서 그만둔다고 생각했고, 상사가 싫은 사람은 내가 상사가 싫어서 그만둔다고 생각했다. 심지어 회사 커피 맛이나 화장실 개수에 불만이 있어서 그만둔다고 생각하는 사람도 있었다. 그제야 나는 회사를 그만두는 이유가 참 여러 가지일 수 있다는 걸 알았다. 하지만 누구도 여행이 회사를 그만둘 이유가 될 수 있다고는 생각지 않았다.

높은 지위에 있는 상사가 나를 부른 것은 회사에 나올 날이 얼마 남지 않았을 때였다. 나는 정중히 노크를 하고 상사의 사무실에 들어갔다. 고층에 있는 사무실 유리 외벽 밖으로 진눈깨비가 어지럽게 흩날리고 있었다. 반면 사무실은 숨이 턱 막힐 정도로 더웠다.

내가 의자에 앉고 나서도 상사는 한동안 나를 쳐다보기만 할 뿐 아무 말이 없었다. 침묵이 계속되자 내가 큰 죄라도 지은 사람처럼 느껴져 상사의 눈빛을 견디지 못하고 시선을 떨어뜨렸다. 그제야 상사가 이야기를 시작했다.

　　"회사를 떠난다고 들었네."

　　"네."

　　"여행을 간다지?"

　　"네. 그렇습니다."

　　"그래서 뭘 할 건가?"

　　"북미부터 시작해서 남미로 내려가……."

　　"아니, 내 말은 여행을 마치고 말이야."

　　상사가 내 말을 끊으며 말했다.

　　"아직 구체적으로 생각해둔 건 없습니다."

　　"어허!"

　　정말이지 사람을 슬프게 하는 깊은 탄식이었다. 바닥을 알 수 없는 나락으로 떨어지는 듯했다. 팔짱을 낀 채 한동안 말이 없던 상사가 다시 입을 열었다.

　　"대체 여행은 왜 하려는 건가?"

　　"제 자신과 세상을 좀 더 알고 싶습니다."

　　"아니, 아니. 그런 이유 말고 진짜 이유를 말해보게."

상사 역시 여느 회사 사람처럼 여행은 사직 이유가 될 수 없다고 생각했다. 상사는 어떤 대답을 듣고 싶은 걸까. 모두 알고 있겠지만 상사와 이야기할 때는 두 가지 대답을 준비해야 한다. 내가 생각하는 대답과 상사가 듣고 싶어 하는 대답. 상사를 위한 대답을 생각하다 문득 출근할 때 한번씩 사 먹었던 샌드위치가 떠올랐다. 한번 먹으면 그 끔찍한 맛에 다시는 먹기 싫어지는 샌드위치였다. 나는 이 절망스러운 샌드위치를 일주일에 한두 번씩 먹었다. 조금 더 걸어가면 좀 더 먹을 만한 샌드위치를 살 수 있었지만 아침부터 할 일이 많은 날이면 선택의 여지 없이 회사 가까운 곳에서 파는 맛없는 샌드위치를 사 먹어야 했다.

사실 이 샌드위치를 먹는 사람이 한 명 더 있었다. 같은 부서에서 일하는 상사였는데, 그 상사는 이 샌드위치를 일주일에 적어도 네 번씩 먹는, 절망의 샌드위치 마니아였다. 한번은 어떻게 그럴 수가 있나 싶어 "그 샌드위치가 입맛에 맞으시나 보네요"라는 말을 건넸다. 막상 말을 뱉고 보니 무례했다는 생각이 들어 안절부절못하고 있는데 상사가 아무렇지도 않다는 듯 말했다.

"늘 먹는 거니깐."

그 말이 그토록 슬프게 들릴 수가 없었다. 차라리 "그딴 샌드위치 따위를 맛으로 먹겠어? 그냥 회사 오는 길목에 있으니까 먹는 거지. 날 그딴 샌드위치를 좋아하는 인간으로 보는 거야?"하고 화를 냈다면 더 좋았을 것이다. 상사가 무심코 던진 말은 그 뒤로 그림자처럼 나를 따라다녔다.

늘 하는 업무이기 때문에 업무를 한다.

늘 하는 식사이기 때문에 식사를 한다.

늘 살아가기 때문에 살아간다.

반복적인 행동은 의무가 되어 애초에 무엇이 중요한지, 왜 그것을 하고 있는지 잊게 한다. 내가 살아가는 이유는 무엇일까? 나는 답을 알 수 없었다.

끔찍한 샌드위치 생각에서 벗어나 정신을 차려보니 상사는 회사를 떠나 실패한 사람의 이야기를 하는 중이었다. "사업을 하려고 회사를 그만둔 친구가 있었지"에서 시작해 "지금은 연락도 안 된다네"로 끝나는 이야기였다. 듣고 있노라면 그 누구라도 슬퍼질 수밖에 없었다. 상사는 이런 내 기분을 아는지 모르는지 회사를 떠난 사람이 실패한 이야기를 연거푸 늘어놓았다. 네 번째 실패담을 이야기하려던 상사가 시계를 보더니 곧 회의가 있는 듯 말을 끊었다. 다행이었다. 더 듣고 있었더라면 "제가 어리석었습니다. 계속 회사를 다니게 해주십시오"라고 외쳤으리라. 상사는 나의 슬픈 표정을 바라보며 말했다.

"자네는 제도권에 있는 게 얼마나 행복한 건지 아나? 바깥세상은 정말 추운 곳이라네."

상사는 나를 진심으로 걱정하고 있었다. 내가 앞으로 회사를 떠나는 사람에게 들려주는 다섯 번째 실패담이 되지 않길 바라는 마음이었다. 나는 무척이나 우울한 기분으로 창밖을 바라보았다. 진눈깨비가 제법 굵직한 눈으로 변해 온 하늘을 뒤덮고 있었다. 상사 말대로 밖은 추워 보였다. 하지만 아까보다 더 높아진 사무실 온도는 숨이 턱턱 막히게 했다.

"그래. 여행을 통해서 뭘 배울 생각인가?"

"여행을 하다 보면 어떤 것이든 배우지 않을까 생각합니다."

"음. 그래. 자네에겐 아직 교훈이 필요할지도 모르겠군."

"네. 저도 그렇다고 생각합니다."

"하지만 그 교훈을 얻고 난 뒤에는 너무 늦을까 걱정이야. 어쨌든 회사를 떠나려는 마음은 변함없는 거지?"

"네. 그렇습니다. 많이 배우고 오겠습니다. 항상 감사했습니다."

“그래. 어찌 됐건 하려는 일 모두 건승하길 빌겠네.”

나는 상사에게 인사를 하고 도망치듯 상사의 사무실을 빠져나왔다. 그곳에 더 머무르다가는 여행도 떠나기 전에 숨이 막혀 죽을 것 같았다.

반복적인 행동은 의무가 되어
애초에 무엇이 중요한지,
왜 그것을 하고 있는지 잊게 한다.
내가 살아가는 이유는 무엇일까?
나는 답을 알 수 없었다.

이름 적힌 포스트잇

아내가 직장을 정리하는 동안 나는 거의 매일 늦잠을 잤다. 새벽 5시가 되면 습관처럼 눈이 떠졌다. 회사를 다니지 않으니 새벽에 일어나도 마땅히 할 일이 없어 다시 잠을 잤다.

10시쯤 다시 일어났다. 아내는 직장에 가고 없었다. 조용한 집은 따뜻한 햇살로 가득했고 햇살 사이로 먼지가 이리저리 바쁘게 날아다니고 있었다. 언뜻 보면 평온해 보이는 곳조차 자세히 들여다보면 실은 참 많은 것이 치열하게 움직이고 있었다. 한가롭게 시간을 보내고 있는 나 자신에게 부끄럽다는 생각이 들었다.

나는 계란 프라이와 오렌지 주스로 간단히 아침을 때운 뒤 인스턴트 커피를 마시며 두 시간 동안 책을 읽었다.

점심때가 다 되어서야 슬리퍼를 신고 가까운 마트로 향했다. 나와 아내는 언덕에 있는, 잘산다고는 할 수 없는 동네 주택 한편에서 월세를 살고 있었다. 동네에서 양복을 입고 다니는 사람은 나밖에 없었다. 잘 다려진 고급 맞춤 양복, 빨간 명품 넥타이, 이탈리아 장인이 만든 구두, 스위스제 명품 시계를 찬 사람이 달동네에 자주 출몰하는 것은 확실히 미스터리한 일이었다. 동네 사람 중에는 눈을 흘기며 나를 바라보는 사람이 많았는데, 아마 나를 괘씸한 사채업자로 여기는 듯했다. 하지만 이제는 누구도 나를 쳐다보지 않았다. 비로소 동네 주민이 된 것 같았다. 곧 긴 여행을 떠나야 한다는 사실이 조금은 슬퍼질 정도였다.

　한낮에 계란 한 판과 채소가 담긴 비닐봉지를 양손에 들고 아이스크림까지 입에 문 나는 영락없는 백수였다. 중년 여자 몇 명이 나를 못마땅한 시선으로 쳐다보았다. 표정이 말하고 있었다. '저 나이가 되도록 직업도 없이 뭐 하는 거람?' 나는 그 시선에 기분이 나빠져서 양복을 쫙 빼입고 다시 한번 그들 사이를 지나갈까도 생각했지만 곧 마음을 고쳐먹었다. '아이쿠, 또 사채업자가 나타났구먼' 하는 눈총을 받기도 싫을뿐더러 무엇보다 이름도 모르는 이들이 보내는 못마땅한 시선에 휘둘려 좋은 옷으로 갈아입고 그들 앞에 나서려 하는 나 자신이 너무도 어리석다는 생각이 들어서였다. 옷은 잘 입어도, 못 입어도 괴로웠다.

　듣기에 사람은 무슨 무슨 척하기 위해 인생을 허비하곤 한다던데, 생각해보니 내가 그런 것 같았다. 집에 돌아온 나는 방에 틀어박혀 내가 무슨 척을 하며 살아왔는지 종이에 옮겨 적어보기로 했다. 금세 얼굴이 달아올라 써 내린 목록을 까맣게 덧칠할 수밖에 없었다.

　저녁이 되자 아내가 돌아왔다.

여행은
결국,　　　누군가의
　　　　　하루

"오늘 전자레인지가 필요하다는 사람을 찾았어."

"그래? 그럼 이제 거의 다 제 주인을 찾았네."

우리는 전자레인지에 새로운 주인이 될 사람 이름을 적은 포스트잇을 붙였다. 집 안을 둘러보니 차압이라도 당한 것처럼 가구 대부분에 노란 포스트잇이 붙어 있었다. 떠나려는 모든 것은 슬픈 느낌을 주었다.

2주째가 되던 날, 포스트잇에 적힌 사람이 하나둘 찾아와 자기 이름이 붙은 가구를 가져갔다. 우리는 긴 시간 동안 빈방을 청소했다. 깨끗한 방을 보고 매우 흡족한 미소를 짓는 집주인과 웃으며 작별 인사를 나눴다.

이제 우리가 가진 것이라고는 배낭 두 개와 캐나다로 향하는 비행기 티켓뿐이었다.

틈새

아내가 살던 고향 핼리팩스로 가기 위해 토론토 공항에 도착했다. 긴 비행이었기에 무척 피곤했지만 아내가 태어난 모국에 왔다는 사실에 기대가 더 앞섰다. 아내 또한 여기선 이걸 먹어봐야 해, 어디 어디는 꼭 가봐야 해, 하며 들뜬 마음을 숨기지 않았다. 우리는 기분 좋게 입국 심사대로 향했다. 내게 배정된 사람은 꽤 나이 든 백인 심사관이었다. 작은 안경을 큰 코에 살짝 걸친 채 작은 입을 굳게 다물고 있어 고집스러워 보였다.

"안녕하세요."

내가 인사를 건넸지만 그는 아무 말 없이 쭈글쭈글한 손을 내밀며 여권을 요구했다.

"캐나다에 온 용건이 뭡니까?"

"아내가 캐나다인이라 아내 가족을 만나러 왔습니다."

그는 나에게 왕복 티켓이 있느냐고 물었고, 나는 캐나다에 머문 뒤에 미국으로 내려갈 예정이라 왕복 티켓은 없다고 말했다.

"흠, 그럼 통과시켜줄 수가 없겠는걸."

그가 말했다.

"네? 왕복 티켓이 없어도 입국하는 데는 문제가 없는 걸로 알고 있는데요."

"그건 그렇지만 당신을 통과시키느냐 안 시키느냐는 내가 판단할 사항입니다."

그는 내가 무례했다는 듯 퉁명스럽게 답했다. 뒤에 서 있던 아내가 이상한 낌새를 느꼈는지 우리에게 다가왔다.

"무슨 문제죠?"

아내가 심사관에게 물었다.

"큰 문제가 있는 건 아닙니다. 곧 끝나니 뒤에서 기다리세요."

그는 처음으로 미소를 띠며 말했다.

"저는 이 사람 아내예요. 이 사람에게 무슨 문제가 있나요?"

"이 사람과 결혼했다는 건가요?"

그가 놀란 표정을 감추지 않고 물었다.

"네. 이 사람이 제 남편이에요."

"하지만……."

심사관이 기분 나쁘다는 표정으로 나를 쳐다봤다. 동양 남자가 백인 여자와 결혼했다는 사실이 내심 불쾌한 모양이었다. 아내는 혹시나 해서 준비해온 결혼 관련 서류들을 심사관에게 내밀었다. 그는 제대로 읽어보지도 않고 서류를 다시 아내에게 건네며 말했다.

"부인, 저는 이 사람을 통과시킬 수 없습니다. 그러니 저쪽에 가서 자세한 심사를 받아보셔야겠습니다."

그는 아무것도 없는 하얀 벽을 가리켰다.

"어딜 말하는 거예요?"

"저기 벽에 난 틈새 보이시죠? 거기로 가시면 됩니다."

자세히 보니 정말로 하얀 벽 사이에 틈새가 있었다. 우리는 심사관과는 더 이상 이야기할 필요가 없다고 생각하며 그 작은 틈새 쪽으로 발길을 돌렸다.

하얀 벽에 난 틈새는 일부러 눈에 띄지 않도록 설계한 모양인지 가까이 다가가도 잘 보이지 않았다. 아무런 표시도 없어서 도대체 무엇을 하는 곳인지도 알 수 없었다. 그곳에 가야 할 사람만이 존재를 알 수 있는 곳이었다.

틈새에 들어서자마자 옆으로 좁은 복도가 나타났다. 복도 끝에는 문이 있었다. 작은 사무실이 나오겠거니 하고 문을 열었는데 예상과 달리 꽤나 넓은 공간이 나왔다. 나무 구멍 안으로 들어가니 전혀 새로운 세계가 펼쳐진 것처럼. 하지만 그곳에는 차를 권하는 미친 모자 장수나 담배를 피우는 거대한 애벌레 따위는 없었다. 대신 교도소를 연상시킬 만큼 조도 낮은 형광등이 침울하게 우리를 맞았다.

그 안에선 이미 나와 비슷한 처지에 놓인 사람들이 방

탄조끼를 입은 백인 심사관들에게 입국 심사를 받으려고 줄을 서 있었다. 심사를 기다리는 수많은 사람 중에 백인은 아내가 유일했다. 아내마저도 동양인인 남편을 따라온 것뿐이지 다른 문제가 있어 온 것은 아니었다. 히잡을 쓴 앳된 중동 여학생이 뚱뚱한 백인 심사관이 요구하는 많은 서류를 찾느라 울먹였다.

"여기엔 와이파이가 뜨지 않아서 그 서류를 보여줄 수 없어요."

"그건 네 사정이지."

뚱뚱한 심사관은 소파에 반쯤 누운 채 감자칩을 먹으며 텔레비전을 보는 듯한 표정으로 말했다. 심사를 받으려고 줄 서 있던 사람들이 혹시나 자신도 저 여학생처럼 잘못되는 건 아닐까 싶어 덩달아 불안에 떨었다. 줄 맨 끝에서 얼마간 상황을 지켜보니 입국 통과가 된 사람은 왼쪽 문으로 나가고 그렇지 못한 사람은 오른쪽 문으로 나간다는 걸 알 수 있었다. 히스패닉계 가족이 왼쪽 문으로 나가며 침통한 표정으로 오른쪽 문으로 나가는 흑인 가족을 안타까운 눈으로 바라보았다. 오른쪽 문으로 나가는 사람이 생길 때마다 줄 서 있는 사람들은 더욱 긴장했다. 사후 세계가 있다면 천국과 지옥을 결정하는 심판대가 이와 같지 않을까 싶었다.

그때 정장을 차려입은 동양인 중년 남자가 내게 불쑥 다가왔다.

"일본인이십니까?"

그가 환하게 웃으며 일본어로 물었다.

"아니요. 한국인입니다."

나도 환하게 웃으며 일본어로 대답했다. 이런 곳에서 이웃 국가 사람을 만나니 반가웠다.

"한국인이라고요?"

그는 일본어로 한국인이라고 대답하는 날 이상하다는 듯 쳐다보며 되물었다.

"네. 한국인입니다. 반갑습니다."

나는 다시 한번 미소를 지으며 답했다. 하지만 그는 순간 미소를 싹 감추며 나를 지나쳤다.

그는 내 뒤에 서 있는 동양인에게 다시금 미소 지으며 일본인이냐고 물었다.

"네. 일본 사람입니다."

중년 여인은 캐나다에 사는 딸을 보러 캐나다에 왔다고 말했다.

그는 여인에게 환한 미소를 지으며 말했다.

"전혀 걱정하실 것 없습니다. 심사관과 이야기할 때 제가 함께 있을 테니까요."

그는 일본 정부가 선진국 국민임에도 동양인이라는 이유로 이곳에 보내지는 수많은 자국민을 돕기 위해 심어놓은 사람이었다.

한참을 기다린 끝에 나와 아내도 심사관 앞에 섰다. 유일한 여자 심사관이었다. 그녀가 우리에게 여권을 요구했다.

"사실 전 캐나다 사람이에요."

아내가 여권을 건네며 말했다.

"그럼 이런 곳에 올 이유가 없잖아요?"

그녀가 의아한 표정을 지었다. '이런 곳'이란 단어가 슬프게 들렸다.

"제 남편이 한국 사람이거든요. 남편이 제 가족을 방문하러 왔는데 왕복 티켓이 없다고 여기로 가라고 하더라고요."

"맙소사! 그런 이유로는 여기 올 필요가 없어요!"

그녀는 한국에서 영어를 가르치는 동생을 보러 한국에 간 적이 있다고 했다.

"한국에 가보고 한국이 정말 잘사는 나라라는 사실을 알게 되었어요."

심사관이 미소를 지으며 말했다. '걱정 마. 넌 동양인이라서 여기 왔을지 모르지만 난 네가 잘사는 동양인이라는 걸 알고 있어'라고 하는 듯한 미소였다. 그러나 그녀 말이 이미 우울할 대로 우울해진 내 마음을 달랠 수는 없었다. 오히려 인종과 부가 어떤 의심을 할 수 있는 근거로 쓰인다는 사실에 더 불쾌해질 뿐이었다. 그녀는 내 여권에 도장을 쾅쾅 찍고는 어서 가보라며 예의 미소를 지었다.

만약 내가 영국 출신의 백인 남자였더라도 같은 일을 겪었을까? 하얀 벽 사이 보이지 않는 틈새 안에는 많은 문제가 존재하고 있었다.

우리는 부러워하는 수많은 눈길을 받으며 왼쪽 문을 향해 걸어가 문을 열었다. 순간 밝은 빛이 쏟아져 눈이 부셨다. 한 시간 전 나처럼 새로운 곳에 와서 기대에 차 있는 사람과 아내처럼 고향으로 돌아와 신이 난 사람이 보였다. 흑인, 히스패닉, 동양인도 있었지만 긴장한 얼굴은 찾아볼 수 없었다. 이곳 백인은 방탄조끼를 입고 있지도 않았고, 방탄유리 너머에서 근엄한 표정을 짓고 있지도 않았다. 다들 인종에 상관없이 같은 표정을 짓고 있었다. 벽 하나를 두고 이토록 다른 공간이 존재하다니. 나는 아무렇지도 않은 듯 갑자기 다른 공간에 섞이는 일이 어색하고 불편했다. 아내도 마찬가지인 것 같았다.

　　아내와 나는 한참을 아무 말도 하지 않았다. 캐나다에
서는 메이플 버터를 먹어봐야 해, 팀 홀튼의 커피는 그냥 먹
으면 맛이 없어서 더블더블로 먹어야 해, 따위의 호들갑스
러운 말 대신 아내는 무척이나 미안한 표정만 짓고 있었다.

하얀 벽 사이
보이지 않는 틈새 안에는
많은 문제가 존재하고 있었다.

불쌍한 조니 밥

"많은 사람이 비좁게 모여 사는 북적북적한 한국과 달리 이곳은 정말 평화로워 보여요."

　　아내와 나의 고향 방문을 환영하기 위해 아내의 조부모님 집을 찾은 마을 사람들이 던진 이곳 마을을 어떻게 생각하느냐는 질문에 내가 한 답이었다.

　　아내의 조부모님이 사시는 케이프 브랜턴 섬의 브라스 도어는 누구도 불행할 것 같지 않은 마을이었다. 고민의 무게랄 게 전혀 없는 곳 같았다. 아내의 조부모님이 사시는 집조차 땅에 단단히 뿌리내리고 있는 집으로 느껴지지 않았다. 산과 호수, 나무와 들꽃에 둘러싸인 작고 하얀 집은 어디에선가 날아와 잠시 그곳에 머물고 있을 뿐 언제라도 다시 지붕을 활짝 펼치고 하얀 나비처럼 훨훨 날아가버릴 것만 같았다.

　　또한 거실에 앉아 여유로운 시간을 보내고 있을 때면 이따금씩 사슴이 나를 찾아왔다. 사슴은 창에 축축한 코를 대고서 내게 인사했다. '안녕하세요. 새로 오신 손님이시군요. 반가워요. 어찌 여기서 지낼 만은 하신가요? 불편하신 점은 없나요?' 다른 나라로 여행 가서 현지인으로부터 친절한 인사를 받는다면 누구라도 그 나라에 호감이 생길 수밖에 없다. 더구나 사슴이다. 사슴으로부터 그런 공손하고도 예의 바른 인사를 받는다면 누구나, 이런 평화로운 마을에서 산다면 언젠가 나 역시 사슴으로 변해버릴 것만 같다는 생각을 할 수밖에 없다.

나는 이처럼 이 마을을 칭찬하고 싶은 마음이었지만 마을 사람들은 내 대답을 썩 마음에 들어 하지 않았다. 그제야 캐나다 사람들은 평화롭다는 말을 지루하다는 말로 곧잘 오해한다는 사실이 떠올랐지만, 실수를 알아차렸을 땐 이미 늦었다. 마을 사람들은 내 생각과 달리, 이곳에서도 흥미로운 일이 꽤나 많이 일어난다면서 너도 나도 내게 흥미로운 이야기를 들려주겠다고 나섰다.

데니스 씨 사연이다.

이런 이야기는 아마 어디서도 들어보지 못했을 거예요. 많은 사람이 모여 사는 한국에서조차도요. 이 이야기는 제가 예전에 미용실에서 일했을 때 있었던 일이에요. 하루는 굉장히 더러운 여자가 머리를 정리해달라며 미용실을 찾았어요. 점장은 여자를 보자마자 내가 다시는 오지 말라고 경고했을 텐데, 하고 화를 내며 쫓아내려 했어요. 전 이건 아니다 싶었어요. 아무리 더러워도 가게를 찾은 손님이잖아요. 그래서 점장에게 발끈해서 말했죠. "그만두세요. 제가 할게요." 그러고는 여자를 자리에 앉혔어요. 우선 머리를 씻겼죠. 그런데 머리가 너무 헝클어져 있어 도저히 샴푸를 할 수가 없었어요. 머리 감기는 걸 포기하고 우선 헝클어진 머리부터 빗겨 야겠다고 생각했어요. 그런데 그 여자가 머리에서 물이 계속 뚝뚝 떨어져 숨 쉬는 게 힘들다며 불평하기 시작했 어요. 저는 순간 화가 났지만 꾹 참았어요. "어쩔 수 없 잖아요." 그렇게 말하고는 빨리 머리를 빗기기 시작했어 요. 그런데 이상하게도 머리가 전혀 빗어지지 않았어요. 의아한 마음에 그 머리에, 아, 그 더러운 머리에 제 손을 넣어보았어요. 그리고 핀을 발견했죠. 핀이 머리에 꽂 혀 있어 머리를 빗을 수 없었던 거예요. 핀은 계속해서 나왔어요. 핀이 스무 개쯤 나왔을 때, 저는 거기서 그만 두기로 했어요. 이건 아니다 싶었어요. 최소한 핀 정도 는 미용실에 오기 전에 제거하고 와야죠. 그 여자는 제 게 머리 정리가 왜 이렇게 늦어지냐며 화를 냈어요. 저 역시 화가 나서 그 여자에게 여기서 당장 나가라고 했어 요. 그러자 공짜로 해달라는 것도 아니고 20달러나 내 고 머리를 하겠다는데 왜 화를 내느냐며 따지는 거예요. 그래서 제가 말했죠. "뭐라고? 20달러? 내가 20달러 줄 테니 다시는 여기 얼씬도 하지 마." 흠. 말하고 보니 제가 심했던 것 같네요. 늘 재밌는 얘기라고 생각했었는데…….

데니스가 슬픈 표정을 지었다. 갑자기 분위기가 가라앉았다.

그때 아내의 할아버지가 분위기를 바꿔보겠다고 나섰다.

"여러분. 모두 조니 밥을 알고 있을 거요."

그러자 마을 사람 모두 고개를 젓거나 손바닥으로 이마를 탁 하고 치며 마침내 나와야 할 이야기가 나왔다고 탄성을 내질렀다.

"맞소. 여러분이 모두 알고 있는 바로 그 조니 밥이오. 모두 알다시피 조니 밥은 정말 더러운 사내였소. 암. 내 한평생 살아오면서 그렇게 더러운 녀석은 처음 봤지. 내가 조니 밥을 처음 봤을 때가 그러니까 20대 무렵이었는데 그때부터 단 한 번도 씻은 모습을 보지 못했어. 조니 밥은 항상 춥다고 말했지. 정확히는 이렇게 말했소. 젠장 졸라 춥네. 다른 사람들이 모두 덥다고 할 때도 조니 밥은 항상 이렇게 말했지. 젠장 졸라 춥네. 오, 조니 밥."

할아버지는 크게 한숨을 쉬고는 잠시 눈을 감고서 고개를 위로 젖혔다. 그리고 다시 이야기를 이어갔다.

"조니 밥은 늘 젠장 졸라 춥다고 했지. 여름에도 겨울옷을 껴입었고, 겨울이 오면 거기에 옷을 더 껴입었소. 그리고 단 한 번도 옷을 갈아입지 않았어. 그래서 그가 지나갈 때면 항상 견딜 수 없이 역한 냄새가 났지. 조니 밥은 여름에도 춥다며 항상 장작을 때서 그가 사는 집의 창문은 늘 검게 그을려 있었소. 시간은 흐르고 조니 밥은 나이가 들어 양로원에 들어가야 했지. 양로원 직원들이 조니 밥을 씻기려 했지만 조니 밥은 절대 안 된다고 버텼소. 직원들은 조니 밥에게 씻지 않으면 여기 들어올 수 없다고 했고. 조니 밥은 씻을 수밖에 없었지. 직원들이 조니 밥의 몸을 구석구석 깨끗하게 씻기자 조니 밥은 죽고 말았소. 오. 가엾은 조니 밥.

"아니, 조니 밥이 죽었단 말이야?"

"정말이야? 언젠가부터 안 보여서 이상하다고 생각하긴 했다만."

갑작스럽게 조니 밥의 사망 소식을 접하게 된 마을 사람들이 동요했다. 다들 조니 밥을 두고 이야기꽃을 피웠다.

마을 사람들로부터 이야기를 들어보니, 그들의 주장에 동의할 수밖에 없었다.

내가 살던 곳은 부와 명예를 지닌 사람에게만 관심을 주지 더러운 사람에게는 결코 관심을 주지 않았다. 하지만 지구 반대편인 이곳에서는 부와 명예를 지닌 사람이 아니라 더러운 사람에게만 관심을 가졌다. 더러움을 유지해야만 살아갈 수 있는 가혹한 운명을 타고난 조니 밥에게는 이곳이 꽤나 끔찍한 마을이었을 테다.

조니 밥이 지구 반대편에서 살았더라면 더 마음 편히 지낼 수 있었을 텐데……. 생각이 여기까지 미치자 한숨이 절로 나왔다.

누구나 행복할 수 있는 유토피아라는 건 존재하지 않는 걸까? 조니 밥이 불쌍하다고 섣불리 단정 짓기는 어렵다. 어쩌면 그는 사슴이 되었을지도 모를 일이니까.

누구나 행복할 수 있는
유토피아라는 건
존재하지 않는 걸까?

카리부의 노래

아내의 가족 친지들과 함께 얼마간 시간을 보낸 우리는 기차를 타고 다시 여행길에 올랐다. 로키산맥으로 유명한 재스퍼에 도착한 우리는 부부가 운영하는 게스트하우스에 머물렀다. 더그와 셰릴 부부는 게스트를 가족처럼 생각하는 친절한 호스트였다. 늘 응접실에 머물며 게스트들과 함께 어울렸다. 부부지만 성격은 전혀 달랐다. 더그는 차분하고 말수가 적은 반면, 셰릴은 항상 에너지가 넘치고 수다스러웠다. 셰릴은 자신이 어릴 적부터 늘 충동적이고 자유분방했다고 소개했다. 열여섯 살에 무작정 밴쿠버로 떠나는 기차에 올라탄 것을 시작으로 지금껏 정말 많은 여행을 다녔다고 했다.

"난 정말 와일드한 소녀였어. 부모 입장에서 보면 최악인 딸이었지. 집에 머물지 않고 늘 새로운 곳을 찾아 돌아다녔으니까."

셰릴뿐만 아니라 더그 역시 여행을 무척 좋아해서 부부는 시간이 날 때마다 세계 곳곳으로 여행을 다녔다고 했다. 그런 이유로 정말 수없이 많은 게스트하우스에 가봤지만 마음에 쏙 드는 곳은 없었단다. 늘 아쉬워하던 차에 은퇴하고서 직접 게스트하우스를 차리게 되었다고 했다. 그냥 하는 말이 아니었다. 이들 부부가 운영하는 게스트하우스는 정말 흠잡을 곳 없이 훌륭한 게스트하우스였다. 게스트가 머무는 방은 깨끗했고 햇볕이 잘 들었다. 게스트들이 함께 어울리는 공간인 공용 거실도 이들 부부가 세계 각국에서 가져온 장식품들로 정성스럽게 잘 꾸며져 있었다.

"게스트하우스를 운영하기 전엔 어떤 일을 하셨어요?"

부부의 흥미진진한 이야기를 듣다 보니 두 사람이 이전에는 무슨 일을 했는지 궁금해져서 물었다.

"저와 더그는 재스퍼 국립공원에서 함께 일했어요. 저는 이곳 원주민과 소통하는 일을 담당했고요."

셰릴은 우리에게 국립공원에서 일하며 이곳 원주민과 함께 지냈던 이야기를 들려주었다. 그런데 이야기를 함께 듣던 미국에서 온 남자 게스트가 점점 표정이 굳어지더니 결국 불만 가득한 목소리로 말했다.

"셰릴 씨. 이야기를 듣다 보니 셰릴 씨는 너무 인디언만 위하는 것 같아요. 제가 사는 곳에도 인디언이 있어서 저도 인디언을 잘 알거든요. 그중 한 인디언은 카지노뿐만 아니라 쇼핑몰도 운영하는 거부예요. 말이 돼요? 우리가 그들이 사는 곳을 침범한 게 아니라 오히려 그들이 인디언 보호구역에서 나와 우리가 사는 곳을 침범하고 있는 거라고요."

"그렇게 생각하시는군요. 알겠어요. 참. 마침 당신께 들려드리고 싶은 재미있는 이야기가 하나 생각났어요. 카리부(순록)에 관한 이야기예요. 한번 들어보실래요?"

셰릴은 남자 게스트의 말에 전혀 불쾌한 기색을 내보이지 않고서 웃으며 이야기를 시작했다.

"예전에는 이곳에도 카리부가 꽤 많이 살고 있었답니다. 그런데 언젠가부터 점차 개체수가 줄어들더니 나중에는 네 마리밖에 남지 않게 되었어요. 그래서 국립공원 팀이 이 문제를 두고 논의를 했죠. 두 개의 최종안이 나왔어요. 첫 번째 안은 카리부가 모두 멸종해버리기 전에 남아 있는 카리부 네 마리를 얼른 잡아들여 충분히 번식할 때까지 사람들의 보호 아래 키워야 한다는 것이었고, 두 번째 안은 밴쿠버에서 카리부를 잡아다 이곳으로 데려오자는 것이었어요. 저는 둘 다 마음에 들지 않았어요. 그래서 제가 이건 우리끼리 논의할 게 아니라 이곳에 오랫동안 살았던 원주민들한테도 물어봐야 한다고 말했어요. 그들이 우리보다 더 나은 해결책을 알고 있을지도 모르니까요. 그러니 그때까지 결정을 미뤄달라고 했어요. 저는 각 부족 원주민의 추장을 찾아가 이 문제를 어떻게 해결해야 할지 물었어요. 그리고 그들은 모두 같은 대답을 했죠."

"뭐라고 말했어요?"

우리 모두 궁금한 눈빛으로 셰릴을 바라보며 물었다.

"카리부에게 물어보게."

셰릴이 말했다.

"그게 대체 무슨 말이에요? 말이 안 통하는데 어떻게 카리부에게 물어볼 수가 있어요?"

우리가 되물었다.

"그러자 그들은 제가 카리부의 노래를 부를 줄 아는 사람을 찾아야 한다고 했어요. 그래서 저는 그때부터 카리부의 노래를 부를 줄 아는 사람을 찾아다니기 시작했죠. 생각보다 어려운 일이었어요. 시간이 오래 걸렸지만 포기하지 않았죠. 오래 수소문한 끝에 저 멀리 북쪽 부족 사람 중에 카리부의 노래를 부를 수 있는 사람이 있다는 이야기를 들을 수 있었어요. 저는 그 사람을 찾아가 사정을 이야기하고 도움을 요청했어요. 그 사람은 제 이야기를 듣고는 흔쾌히 요청에 응해줬어요. 그래서 마침내 스웨트 로지[*1]에 할아버지의 돌[*2]과 음식을 두고서 카리부의 노래를 들을 수 있었죠."

셰릴이 이야기를 마쳤다.

"그래서 어떻게 되었나요?"

카리부의 노래는 과연 효과가 있었던 걸까? 나는 이야기의 결말을 알고 싶어 물었다.

그 질문에 그동안 조용히 이야기를 듣고 있던 더그가 마침내 입을 열었다.

"셰릴이 카리부의 노래를 부를 줄 아는 사람을 찾으러 다니고 있다는 이야기를 들었을 때 나를 비롯해 국립공원 직원 모두가 솔직히 적잖이 당황했어요. 그런데 그 이유가 이번 문제의 당사자인 카리부에게 직접 이 문제에 대해 물어보기 위해서라는 대답을 듣고 우리는 부끄러움을 느낄 수밖에 없었습니다. 국립공원의 책임자인데도 문제의 원인을 찾을 생각은 안 하고 그저 해결책을 찾는 데만 급급했으니까요. 어떤 책임도 지고 싶지 않았던 겁니다. 셰릴이 카리부의 노래를 부를 사람을 찾으러 다닐 동안 우리는 우리 내부를 돌아볼 시간을 가질 수 있었죠. 그리고 그동안 공원을 관광지로 개발하려던 정책을 공원을 보존하는 쪽으로 전면 수정했습니다."

---

1 Sweat lodge. 아메리카 원주민식 한증막. 오두막은 위대한 영이 지닌 육체를, 오두막에서 피어오르는 증기는 정화와 영적 변신을 행하는 '위대한 영'이 드러난 모습을 뜻한다. 컴컴한 오두막에서 증기가 밖으로 빠져나가는 모습은 지난날에 저지른 부정과 과오가 사라지는 것을 상징한다.

2 아메리카 원주민 사회에서 돌은 대자연 어머니의 뼈를 의미한다.

북극곰 감옥

캐나다 북쪽에 있는 처칠은 세 게에서 오로라를 가장 잘 관측할 수 있는 곳으로, 세계에서 유일한 오로라 관측소가 있는 작은 마을이다.

나는 처칠로 향하는 기차 안에서 『호밀밭의 파수꾼』을 읽었다. 오래전에 사두고 읽지 않은 책이라 여행 중에 읽어보려고 가져온 것이었다. 매 문장이 유머로 가득 차 있는데도 읽으면 읽을수록 우울해지는 알 수 없는 책이었다. 때마침 중년 여자 승무원이 내가 읽던 책 표지를 보고는 군데군데 바늘이 꽂힌 끔찍한 저주 인형이라도 본 듯 몸을 부르르 떨며 말했다.

"캐나다에서는 영문학 시간에 이 작품을 공부해요. 저는 항상 이렇게 우울한 책을 청소년들이 봐도 되는지 의문이었어요. 어릴 적 이 책을 읽고 얼마나 마음이 가라앉았는지 몰라요. 책 제목만 봐도 화가 날 지경이에요."

그녀는 특히 결말에 굉장히 분노했다. 결말이 달라졌다면 그녀 인생 역시 달라지기라도 했을 거라는 듯. 나는 그 말을 듣고 책을 덮어버렸다. 끝까지 읽고 싶지 않았다.

처칠에 가까워질수록 기차 안 온도는 내려갔고, 창밖으로는 눈이 차올랐다. 고요한 눈길 위를 달리는 기차 소리는 발자국을 남기듯 부지런히 시간을 움직였다. 그리고 마침내 우리는 철길이 끊기는 마지막 역, 처칠에 도착했다. 굉장한 추위와 함께 새하얀 대지가 우리를 맞이했다.

허드슨만은 하얗게 얼어 있어 도저히 육지와 바다를 구별할 수 없었다. 그나마 쓸쓸한 배 한 척이 눈 위에 덩그러니 놓여 이곳이 원래 바다였다는 것을 짐작케 했다. 하얀 수평선이라……. 나는 풍경이 너무도 마음에 들어 다짜고짜 얼어붙은 바다 위를 걷기 시작했다. 이대로 끝까지 걸어가 보고 싶었다.

"여보. 위험해, 돌아와!"

아내가 다급히 외쳤다.

"꽁꽁 얼어서 괜찮아!"

나는 보란 듯 가볍게 뛰기까지 했다.

"그게 아니라 여기 북극곰 출현 구역이니 들어가지 말라고 쓰여 있단 말이야!"

뭐? 북극곰? 나는 덜컥 겁이 나 재빨리 육지로 돌아왔다. 눈에 보이는 모든 것이 새하얀 탓에 북극곰이 코앞까지 다가와도 눈치채지 못할 것 같았다. 내가 돌아오자 아내가 표지판을 가리켰다. 표지판에는 '북극곰 주의'라는 문구와 함께 누가 봐도 귀여운 북극곰 한 마리가 그려져 있었다.

아니, 경고를 하려면 위험하게 보이는 북극곰을 그려

야지!

마을에서는 이 경고판을 그대로 프린트한 관광용 배지를 팔고 있었는데, 배지를 팔려고 경고판을 만든 것인지 경고를 하려고 경고판을 만든 것인지 알 수가 없을 지경이었다.

"북극곰은 조심해야 해."

"왜? 엄청 귀엽잖아. 털도 복슬복슬하고. 콜라도 좋아하고."

내가 대꾸했다.

"북극곰이 얼마나 위험한 줄 몰라서 그래. 시속 40킬로미터로 달릴 수 있고, 종종 사람들을 공격하기도 한단 말이야. 그거 알아? 여기 사람들은 북극곰이 나타났을 때 재빨리 근처 집이나 차 안으로 숨을 수 있도록 집이나 차 문을 잠그지 않는대."

아내는 숙소로 돌아가는 내내 북극곰에 대해 조사한 내용들을 알려줬다. 그 말을 들을수록 북극곰이 위험하다는 생각보다 아내가 정말이지 쓸데없이 많은 것을 조사한다는 생각만 커져갔다. 어떻게 그토록 귀여운 북극곰을 애초부터 위험하다고 생각할 수 있는 거지?

하지만 게스트하우스로 돌아오자마자 내 생각이 틀렸

다는 걸 인정해야 했다. 아내는 인터넷으로 북극곰에게 공격당한 사람들 사진을 보여주었다. 보기와 다르게 무서운 녀석이었다. 경고판에 귀여운 북극곰 대신 이런 사진들을 붙여놓는다면 배지가 더 이상 팔리지 않겠구나 싶었다.

우리는 북극곰에 대해 조금 더 알아보고 싶어 게스트하우스 주인아저씨를 찾았다. 멋진 콧수염을 기른 그는 크고 네모난 안경을 쓰고 있었다. 게스트하우스에는 스크랩한 신문과 사진이 잔뜩 걸려 있었는데, 그 안에서 웃고 있는 아저씨는 한결같이 길고 커다란 사냥총을 어깨에 메고 있었다.

"마을에 북극곰 경고판이 있던데, 북극곰이 마을에도 자주 나타나나요?"

아내가 걱정스럽게 물었다.

"북극곰들은 허드슨만 너머로 돌아갔어요. 허드슨만에 곧 해빙기가 찾아오거든. 북극곰 시즌은 이미 지나버렸지."

그는 콧수염을 쓱쓱 쓰다듬으며 말했다. 안도하는 아내와 달리 북극곰을 보고 싶었던 나는 실망했다.

"그러니까 지금 이 마을에 북극곰이 없는 건 확실하군요."

아내가 다시 한번 물었다.

"가끔 돌아갈 시기를 놓친 북극곰들이 있기는 해요. 지구온난화 때문에 여기 머물 수 있는 시간이 점점 짧아져서 그렇지. 하지만 걱정들은 말아요. 그렇게 남게 된 북극곰들은 모두 북극곰 감옥으로 보내지니까."

"북극곰 감옥요?"

우리는 한목소리로 물었다.

"그래요. 북극곰 감옥. 제때 돌아가지 못한 북극곰들을 잡아다가 다음 시즌이 시작되기 전까지 가둬두는 거지. 그런 녀석들이 마을에 어슬렁거린다면 굉장히 위험할 테니. 하지만 어휴, 그 감옥은, 북극곰들이 도저히 있을 곳이 못 돼요. 그놈들이 끔찍하게 싫어하는 음식만 주거든. 그야말로 죽지 못해 먹어야 하는 그런 음식 말이야."

"그렇잖아도 불쌍한 북극곰에게 너무하는 거 아니에요?"

조금 전까지 북극곰을 두려워하던 아내가 이제는 북극곰 편에 서서 말했다.

"북극곰 감옥에서 너무 잘해주면 북극곰들이 계속 감옥으로 찾아오거든. 그러니 한번 감옥에서 나오면 다시는 돌아오고 싶지 않게 해야 해요. 그런 이유로 감옥에 갇힌 북극곰들에게 사람을 볼 기회를 주지 않지. 아무래도 그런 곳에서 사람을 보게 되면 사람에게 나쁜 생각이 들게 될 테니까."

북극곰 생각에 슬픈 표정을 짓고 있는 아내 옆에서 나는 "재미있는 이야기네요" 하고 답했다. 우리는 주인아저씨와 조금 더 이야기를 나눈 뒤 방으로 돌아와 잠을 청했다. 오로라를 보려면 새벽에 일어나야 했다.

알람에 맞춰 자정에 일어났다. 밖은 백야로 환했다.

"저것 좀 봐!"

아내가 가리킨 곳에는 어스름한 빛들이 너울대고 있었다. 우리는 그 빛을 좀 더 자세히 보기 위해 길을 나섰다가 마을 끝자락까지 오게 됐다. 마지막 집을 지나치자 칠흑 같은 어둠이 우리를 감쌌다.

"북극곰이 나타나면 어떡하지?"

아내가 물었다.

"북극곰 시즌이 아니잖아. 허드슨만을 건너지 못한 곰들은 죄다 감옥에 있을 거고."

"그래도 어딘가에 숨어 있던 곰들이 나타나면 어떡해?"

나는 아내의 눈을 바라보았다. 흔들리는 눈동자에는 숨을 들이마셔 기름진 배를 쏙 집어넣은 수백 마리 북극곰이 우리 시선을 피해 집 뒤, 전봇대 뒤, 그리고 수북이 쌓인 눈 뒤에 숨어 있었다.

우리가 어둠을 향해 걸어갈 때면 숨어 있던 북극곰들

이 살금살금 걸어 나와 우리를 쫓았고, 아내가 혹시나 싶어 뒤를 돌아볼 때면 잽싸게 다시 몸을 숨겼다. 하지만 조심성이라고는 찾아볼 수 없는 남편이 아내가 하는 충고를 무시하고 마을 어귀를 벗어나자마자 일이 벌어졌다. 떼 지어 나타난 북극곰이 우리에게 달려든 것이다. 그 녀석들은 털이 북슬북슬한 살찐 손으로 우리를 밧줄로 묶어 어깨에 둘러메고는 꽁꽁 언 허드슨만을 건너갔다.

우리는 인간 감옥에 갇힌 신세가 되었다. 녀석들은 우리에게 빅맥 세트를 먹였다. 아침엔 맥모닝 세트, 점심엔 쿼터파운드 세트, 저녁엔 빅맥 세트가 아니었다. 세 끼 전부 빅맥 세트였다. 아아아, 정말 끔찍했다. 대체 녀석들은 어디서 빅맥 세트를 사 오는 걸까? 게다가 빅맥 세트에 딸려 나오는 콜라는 자기들이 마셔버려 목이 멘 우리는 녹인 눈으로 갈증을 푸는 수밖에 없었다.

감옥 창살 밖은 하얀 지평선뿐이었다. 우리를 위로하듯 고요한 바다 위에 기다란 녹색 빛줄기가 나타났다. 그 빛깔은 이내 파란빛으로, 보랏빛으로, 다시 여러 빛으로 나뉘어 넘실댔다. 솜씨 좋은 마술사가 검은 모자에서 다양한 색을 지닌 천을 뽑아내는 것처럼. 아내와 나는 넋을 놓고 오로라를 바라보았다.

그때 어디선가 가늘고 서글픈 바람이 불었다. 어디서 불어오는 바람일까 두리번거리다 작은 북극여우 한 마리를 발견했다. 눈이 마주친 북극여우가 우리 쪽으로 걸어왔다.

"안녕. 어때? 여기서 지낼 만해? 이런 곳에 갇혀 있으면 심심하지 않아?"

감옥 앞으로 다가온 북극여우가 말했다.

"심심해."

우리가 힘없는 목소리로 말했다.

"그럼 내가 재미있는 이야기 하나 해줄까?"

북극여우의 가느다란 수염이 옴짝거렸다.

"응. 부탁해."

"혹시 바다사자가 어떻게 세상에 태어났는지 알아?"

"아니…… 모르겠어."

"좋아. 그럼, 바다사자의 탄생 이야길 해줄게. 나도 오래전부터 여기 살던 사람들에게 전해들은 이야기야. 북극여우인 내가 그걸 어찌 알고 있느냐고 묻는다면 할 말은 없어. 굳이 믿을 필요도 없고. 원래 이야기가 다 그렇고 그런 거니까."

북극여우는 흠흠, 목소리를 가다듬고 이야기를 시작했다.

"옛날옛날 한 옛날에 한 여자아이가 살았어. 그 여자아이 이름이 뭐였냐고? 글쎄, 그건 이 이야기에서 그렇게 중요하지 않아. 하여튼 그 여자아이는 넓은 세상이 보고 싶어 마을을 떠나는 배에 몰래 올라탔어. 그러던 어느 날이었어. 날씨가 점점 사나워져서 배가 요동치기 시작했고 숨어 있던 여자아이는 심한 멀미 탓에 밖으로 나올 수밖에 없었어. 놀란 선원들은 배에 여자아이가 탔으니 날씨가 이럴 수밖에 없다며 여자아이를 바다로 휙 던져버렸어. 여자아이는 간신히 배에 매달렸지만 선원들이 매달린 여자아이의 손을 도끼로 찍어버려 다섯 손가락이 모두 잘려나갔어. 그때 잘려나간 다섯 손가락이 바다로 떨어져 바로 바다사자가 된 거야."

"그래서 여자아이는 어떻게 됐는데?"

"이봐, 내가 말했듯이 이건 바다사자 이야기라고. 인간들은 왜 모든 이야기가 인간의 이야기라고 생각하는지 모르겠어. 여자아이가 죽었는지 살았는지 내가 알 게 뭐야!"

북극여우는 불만 가득한 커다란 눈을 몇 번 깜빡이고는 바람과 함께 사라졌다. 북극여우가 사라진 쪽을 바라보다 다시금 형형색색의 오로라를 품고 있는 바다로 시선을 돌렸다. 유유히 수영을 즐기고 있는 바다사자가 보였다.

1달러의 가치

뉴욕 자연사박물관은 기부 입장 (자신이 내고 싶은 만큼 돈을 내고 입장하는 것)이 가능했다. 내가 점심으로 먹을 핫도그를 사러 갈 동안 아내가 박물관 입장권을 사기로 했다. 나는 아내에게 우리는 가난한 여행자라는 것을 상기시키며 말했다.

"1달러만 내고 표를 사."

"오케이!"

우리는 서둘러 각자 가야 할 방향으로 흩어졌다. 박물관 정문 앞 계단 아래로 넓은 길이 나 있었다. 길 중앙에서는 5인조 흑인 밴드가 멋진 화음을 뿜내고 있었다. 날씨는 화창했고 멋지게 차려입은 뉴요커들은 런웨이를 걷듯 자신감 넘치는 발걸음으로 거리를 활보했다.

넓은 길을 빠져나오자 광장이 나타났다. 그곳에는 핫도그 트럭 세 대가 거리를 둔 채 자리 잡고 있었다. 나는 일단 핫도그 가격부터 살펴보았다. 가운데 있는 트럭 핫도그는 2달러 50센트. 빵 사이에 각종 채소가 들어 있어 실로 먹음직스러웠다. 광장 양 끝에 있는 트럭 핫도그 가격은 1달러 20센트와 1달러. 나는 터무니없이 비싼 2달러 50센트짜리 핫도그를 제외한 다음 양쪽 끝에 있는 핫도그 트럭을 여러 번 왕복하며 두 핫도그에 무슨 차이가 있는지 살폈다. 줄을

서 있는 사람들이 나를 이상한 눈빛으로 쳐다보았다. 하지만 곱지 않은 시선을 받으면서도 핫도그를 비교 분석한 보람은 있었다. 1달러 20센트짜리 핫도그가 언뜻 보기에는 더 커 보였지만 1달러짜리 핫도그에 들어간 소시지 크기가 미세하게 더 크다는 사실을 알게 된 것이다. 게다가 오이 피클이 두 개나 더 들어갔다. 엄청난 수확이었다.

'1달러짜리 핫도그가 실은 1달러 20센트짜리 핫도그보다 훨씬 낫다? 자본주의 대국 미국에서도 이런 허술함이 드러나는군. 당장 리포트를 써서 정보 불균형을 해소하고 싶을 정도야!'

나는 스스로를 자랑스럽게 여기며 1달러짜리 핫도그 두 개를 샀다. 머스터드소스도 잔뜩 뿌려달래서 더욱 가치 있는 핫도그가 되게 했다. 역시 조금이라도 더 움직여야 돈을 아낄 수 있었다.

핫도그를 사 들고 아내에게 가니 아내가 어두운 표정을 하고 있었다.

"표 못 샀어?"

"아니, 샀어."

"그런데 표정이 왜 그래?"

"표를 5달러씩 주고 샀어."

나는 손이 벌벌 떨렸다. 나는 고작 40센트를 아끼자고 5인조 흑인 밴드가 다섯 곡이나 노래를 바꿀 동안 핫도그 트럭 사이를 정신없이 뛰어다녔는데 1달러를 주고 살 수 있는 티켓을 5달러나 주고 사다니! 가난한 여행자의 8달러가 세계 최강국 미국 정부 손으로 훨훨 날아갔다. 때마침 5인조 흑인 밴드가 레이 찰스 노래를 부르지 않았다면 놀란 가슴을 쉽사리 진정시키지 못했을 것이다. 아내가 심상치 않은 내 모습에 잔뜩 긴장했다. 나는 숨을 돌리고 최대한 상냥한 목소리로 물었다.

"도대체 왜 5달러나 낸 거야?"

"직원이 1인당 12달러를 내라고 했단 말이야. 그래서 내가 기부 입장이 아니냐고 물었어."

"그랬더니 직원이 뭐라고 했는데?"

"12달러가 적정 수준입니다만, 물론 더 내셔도 됩니다, 라고 하더라고. 그 상황에서 어떻게 1달러를 낼 수 있겠어?"

내가 티켓을 샀어야 했다는 후회가 몰려왔지만 이미 늦었다. 미국 정부는 한번 손에 들어온 돈은 결코 돌려주지 않는다.

일단 아내에게 머스터드소스를 잔뜩 뿌린 푸석푸석한 1달러짜리 핫도그를 건넸다. 우리는 조용히 5인조 흑인 밴드가 연주하는 곡을 들으며 핫도그를 먹었다. 참 맛없는 핫도그였다. 빵은 욕실 바닥을 닦는 스펀지 같았고, 소시지는 대체 무슨 고기로 만든 건지 알 수 없을 만큼 비렸다. 게다가 피클은 말라비틀어졌다. 아, 그리고 머스터드소스! 이런 맛인 줄 알았다면 절대 듬뿍 뿌려달라는 말은 하지 않았을 것이다.

역시 미국은 자본주의 국가였다. 1달러짜리 핫도그는 1달러 20센트짜리 핫도그보다 맛있을 수 없었다. 1달러를 내고 살 수 있는 표를 5달러나 주고 사서는 1달러짜리 핫도그를 먹고 있는 우리 모습이 어처구니없었다. 나는 순진한 캐나다인 아내에게 경제 교육이 시급하다고 생각했다.

나는 아내를 데리고 다시 티켓 창구로 갔다. 멋진 선글라스를 끼고 값비싼 옷을 입은 한 백인 남자가 티켓 창구로 다가갔다.

"자. 잘 봐."

내가 아내에게 멋진 뉴요커를 가리키며 말했다.

멋진 뉴요커는 망설임 없이 1달러를 내고 표를 샀다. 당연한 결과였다. 순진한 캐나다 여성이 아니라면 누가 1달러에 살 수 있는 티켓을 5달러나 주고 살까.

"거봐! 다들 1달러를 내고 표를 사잖아! 당신은 좀 약을 필요가 있어!"

풀 죽은 아내를 이끌고 박물관에 들어서려고 할 때 흑인 남자가 티켓 창구 앞에 섰다. 옷차림이 남루했고 어린 아들과 함께였다. 남자는 낡은 지갑에서 꾸깃꾸깃한 지폐를 꺼내서는 10달러가 넘는 돈을 창구에 밀어 넣었다.

부자는 달랑 1달러를 내고 표를 사고, 가난한 사람은 그보다 훨씬 많은 돈을 내고 표를 사다니, 혼란스러웠다. 이건 무슨 경우일까, 곰곰이 생각해봤다.

우선 돈이 많은 사람은 1달러를 내도 자신이 돈이 없어서 1달러를 내는 것이 아니기 때문에 당당하다. 그래서 1달러만 내고서도 티켓을 살 수 있었다. 반면 돈이 없는 사람은 정말로 돈이 없어 1달러만 낸다고 생각할까 봐 직원이 적정 수준이라고 제시하는 값을 치르게 된다.

기부 입장 제도를 만들 때는 돈 많은 사람이 돈이 적은 사람이 지불해야 할 비용을 보충해 더 많은 사람이 문화를 즐길 수 있도록 하자는 취지가 아니었을까? 하지만 현실에서는 반대로 돈이 적은 사람이 돈이 많은 사람을 위해 희생하고 있었다.

눈을 돌리니 세계를 경제공황으로 몰아넣은 월스트리트 사람들은 여전히 콧대를 높이 쳐든 채 거리를 활보하고,

그들을 성토하는 사람들은 피켓을 세워둔 채 싸구려 핫도그를 먹고 있었다. 그 모습을 보자 혼란이 사라졌다. 생각해보면 그런 일은 늘 있어왔다.

하지만 현실에서는 반대로
돈이 적은 사람이
돈이 많은 사람을 위해
희생하고 있었다.

허풍쟁이 잭

우리는 워싱턴에 도착하자마자 미리 예약해둔 호스텔을 찾았다.

호스텔 주인이 우리를 맞았다.

"나는 잭이오. 반갑소."

그는 우리와 악수를 하고는 예약 장부를 살폈다. 이런 말을 해도 좋을지 모르겠지만 잭은 나이 들어 보였다. 나이가 든 거면 든 거지 나이가 들어 보인다는 건 또 무슨 말이냐고 따지는 사람이 있을지 모르겠다. 왜, 그런 사람이 있지 않나? 분명 겉으로는 늙어 보이는데 실제 나이는 젊을 것 같은 사람. 잭이 바로 그런 사람이었다. 몇 가닥 남지 않은 머리카락으로 벗어진 이마를 덮어놓은 것이 큰 이유를 차지했다. 사람들은 모래뿐인 사막을 보고 황량하다고 말하지 않는다. 사막 위에 마른 나무 한 그루가 덩그러니 서 있을 때에야 비로소 황량하다고 말한다. 게다가 잭은 컴퍼스를 대고 그린 것처럼 알이 완벽하게 둥근 작은 안경을 끼고 있어서 과거에서 막 튀어나온 사람 같았다. 한참 지난 후의 일이지만 아내와 나는 이런 대화를 나눴다.

"잭은 백인인데도 꼭 1960년대 홍콩영화에 나오는 사람처럼 생겼어."

내 말에 아내가 고개를 저으며 말했다.

"아니야. 저 사람은 존 레논을 닮았어."

아내의 말에 나도 지지 않고 대꾸했다.

"제발. 동그란 안경을 썼다고 해서 모두 존 레논을 닮았다고 하는 건 무리야. 당신은 어째서 사람들이 다 존 레논을 닮았다고 말하는 거야? 며칠 전에도 길 가던 사람에게 존 레논을 닮았다고 했잖아. 잭은 누구보다도 홍콩 배우를 닮았다고!"

잭의 생김새는 우리 부부 싸움의 불씨가 되고 말았다. 부부 싸움은 대단한 것에서 시작하지 않는다. 부부 싸움으로 번지겠는데 싶은 건 오히려 서로 경계하기에 쉽게 넘어간다. 부부 싸움이 사소한 데서 시작한다는 건 바로 이런 이유다. 결국 우리는 잭을 '비록 백인이지만 1960년대 홍콩영화에 등장할 법한 존 레논을 닮은 사나이'로 정의하며 싸움을 멈췄다. 부부 싸움의 해결책은 이처럼 간단하다. 그냥 두 사람의 의견이 다 맞다고 하면 모든 게 정리된다. '비록 백인이지만 1960년대 홍콩영화에 등장할 법한 존 레논을 닮은 사나이'라는 묘사가 과연 잭을 표현하기에 적절한 묘사인지는 중요하지 않다. 그런 이유로 부부 싸움은 답이 없다고 말하는 것이다.

잭은 예약 장부를 한동안 살펴보았다. 우리는 무거운

배낭을 메고 한참이나 이곳으로 걸어와서 얼른 짐을 풀고 쉬고 싶은 생각뿐이었다.

"오, 여기 있었군. 예약은 확실히 되어 있어. 당신들 여권 좀 볼 수 있겠소?"

내가 내민 여권과 우리 얼굴을 번갈아 바라보던 그가 말했다.

"당신들은 친구 사이인가, 아니면 데이트를 하는 사이인가?"

"우린 결혼했어요."

내 말에 깜짝 놀란 잭이 안경알보다 더 커진 눈을 굴리며 물었다.

"결혼한 사이라고? 정말로?"

"네. 작년에 결혼했어요."

내 말에 잭이 과장되게 고개를 끄덕이며 말했다.

"당신들, 정말이지 힘든 시간을 이겨냈겠군. 박수를 보내주고 싶어. 이럴 게 아니라 악수라도 한번 하자고!"

나는 그의 손을 잡으며 말했다.

"글쎄요, 어려운 시간을 보내지는 않았는데……."

"아니, 내 얘기를 들어봐요. 이 얘기는 아무한테나 해주는 게 아니지만 힘겨운 시간을 보냈을 당신들에게는 꼭 들려주고 싶군."

잭은 아주 중요한 이야기를 시작하겠다는 듯 진지한 표정을 지었다. 나는 무척이나 쉬고 싶었기 때문에 그의 말을 끊으려 했지만 이미 반쯤 눈을 감은 잭이 감상에 젖은 얼굴로 입을 열었다.

"내 인생에 두 번의 사랑이 있었지."

이런 러브스토리라니……. 듣는 순간 온몸의 힘이 쭉 빠져나갔다.

잭의 첫 번째 사랑은 이름이 아사다인 일본인이었다. 그의 말에 따르면 아사다는 넘실거리는 밤바다처럼 풍성한 머리칼을 지닌 아름다운 여성이었다. 그들은 매일 만났고, 만난 지 6개월 만에 미래에 대한 이야기를 나눴다. 그러던 어느 날 아사다의 부모님이 미국을 방문했고, 아사다는 잭을 부모님에게 소개했다. 하지만 그 뒤로 아사다는 연락을 끊고 말았다.

"내가 백인이어서 아사다의 부모님이 우리 관계를 반대한 거야. 당신들도 아시아 남자와 백인 여자 커플 아닌가. 분명 집에서 반대가 심했을 거라고 생각해. 난 충분히 그 상황을 알고 있다고."

그가 슬피 말했다.

"아까도 말씀드렸지만 저희는 집안의 반대가 없었어요. 하지만 당신 이야기는 확실히 슬프군요. 그분이 일본으로 돌아가야 해서 연락이 끊겼을 거예요. 너무 낙담 마세요."

"아니! 아사다는 아직 미국에 있어. 월드뱅크에서 일하고 있거든. 일본으로 돌아가지 않았어."

그가 말했다. 나는 순간 그녀가 왜 잭과 헤어졌는지 어렴풋이 알 것 같았다. 의문 하나가 사라지자 곧 또 다른 의문이 생겼다. 아사다라는 여인은 도대체 왜 잭이랑 만났을까? 하지만 굳이 알 필요가 있을까? 나는 최대한 피곤하다는 표정을 지으며 잭에게 말했다.

"이제 방에 가서 쉬고 싶은데, 열쇠를 받을 수 있을까요?"

"두 번째 사랑은 홍콩 여자였네."

맙소사! 그가 다시 한번 눈을 감았다. 잭의 두 번째 사랑은 에이미라는 홍콩인이었다. 그녀 또한 넘실거리는 밤바다와 같은 풍성한 머리칼을 지닌 아름다운 여성이었다. 아마도 잭은 검고 풍성한 머리칼에 집착하는 듯했다. 마치 자신의 부족한 점을 다른 이에게서 찾으려는 듯. 그가 그녀와 헤어지게 된 이유를 자세히 말해주었지만 귀에 들어오지 않았다. 우린 너무나 피곤했다. 하지만 잭은 계속해서 아시아의 배타적인 문화를 넘지 못한 백인 남자의 슬픈 사랑을 토로했다.

"그렇다면 아시아 여자 말고 미국 여자를 만나보는 건 어때요?"

참다 못한 아내가 물었다. 하지만 그는 이렇게 대답했다.

"그래, 이번엔 한국 여자를 만나보는 거야. 당신들이 결혼했으니 나도 한국 여자와 결혼할 수 있겠지."

"잭! 정말 미안한 말이지만 한국이 홍콩과 일본보다 훨씬 더 보수적이에요."

나는 짜증을 억누르며 말했다.

"그래. 난 이미 한국인을 몇 명 알고 있어. 난 한국 여자와 결혼할 거야."

그가 대꾸했다. 나는 우리가 과연 같은 언어로 대화를 나누고 있는 것인지 의심스러웠다. 그게 아니고서야 어쩌면 이렇게 서로 다른 이야기를 할 수 있을까? 나와 아내는 그에게 적당한 위로를 해주고도 한참이 지나서야 열쇠를 받을 수 있었다.

우리는 짐을 풀고 샤워를 한 다음 방을 나섰다. 몹시 배가 고파서 저녁은 먹어야 할 것 같았다. 가까운 마트에서 장을 본 뒤에 얼른 스파게티를 만들어 허겁지겁 배를 채웠다.

배가 부르니 어디든 누워 자고 싶었다. 우리는 자리를 털고 일어나 방으로 향했다. 그런데 앞서가던 아내가 비명을 질렀다. 놀란 마음에 아내를 앞질러 가 상황을 살피니 좁은 통로에서 잭이 열심히 팔굽혀펴기를 하고 있었다.

"지금 여기서 뭐 하는 거예요? 요가라도 하는 거예요?"

아내가 소리쳤다. 요가라니……. 나는 피식, 웃음이 나왔다. 잭은 대답 대신 숫자를 힘차게 외쳤다.

"98, 99, 100!"

잭이 할 일을 마쳤다는 듯 벌떡 일어섰다.

"난 이제 샤워 좀 해야겠군. 팔굽혀펴기를 워낙 오랜만에 해서 말이야."

그는 팔굽혀펴기 100개를 할 수 있는 몸이 아니었다. 몇 개를 했든 누군가 다가오면 98부터 세기 시작해 100으로 끝냈을 것이다.

나는 방으로 돌아와 잭에 대해 생각했다. 잭은 어딘가 비틀려 있었다. 자기 자신을 보호하기 위해 남을 비난했고, 자신을 자신만의 허구 속 인물로 꾸며댔다. 몇 갈래 안 되는 머리카락으로 대머리를 숨기려는 것처럼 말이다.

하지만 생각할수록 나라고 다를 바 없는 것 같았다. 나 또한 잭처럼 거짓된 모습을 지니고 있었다. 잭이 자신을 꾸며대는 것처럼 나 역시 세계 각국 GDP 수치를 외우고 있다가 어떤 나라 이야기가 나오면 그 수치를 말하며 마치 그 나라에 대해 대단히 해박한 지식이라도 있는 것처럼 나를 꾸몄다. 후배들이 회사 연봉을 물어올 때면 연봉을 올려서 말하기도 했고, 인기가 많은 것처럼 꾸미려고 나를 좋아하는 여자가 있다며 거짓말한 적도 있었다. 잭과 다를 바 없는 나의 모습을 하나씩 발견할 때마다 괴로웠다. 남을 판단하는 건 쉽고도 즐겁기까지 한 일이지만, 나 자신을 안다는 건 어렵고도 괴로운 일이었다.

남을 판단하는 건
쉽고도 즐겁기까지 한 일이지만,
나 자신을 안다는 건
어렵고도 괴로운 일이었다.

쿠바의 멋

나는 숙소 발코니에서 해안 도로를 따라 달리는 쿠바의 멋진 차들을 구경하고 있었다. 다른 나라에서는 박물관에서나 볼 법한 오래된 모델들이었지만 얼마나 관리를 잘했는지 번쩍번쩍 빛이 났다. 쿠바의 차는 또한 느렸다. 처음에는 오래된 차라 그런가 싶었는데 나중에 알고 보니 쿠바의 운전자는 빠르게 달리면 다른 사람들이 자신이 모는 멋진 차를 못 볼까 봐 일부러 속도를 내지 않는다고 했다.

멀리서 자동차 하나가 또 달려오고, 아니 걸어오고 있었다. 내가 머물고 있는 숙소 앞까지 오려면 시간이 걸릴 것 같아 잠시 넘실대는 파도를 감상하다 다시 고개를 돌렸다. 그런데도 자동차는 여전히 점으로 보였다. 혹시 멈춘 건 아닌가 싶어 의아하게 바라보고 있길 한참, 드디어 빨간 오픈카가 탈탈대며 앞을 지나갔다. 자동차 안에는 멋진 선글라스를 낀 커플이 한껏 포즈를 취하고 있었다. 고개를 45도로 치켜든 남자는 한 손을 연인이 앉은 시트 뒤에 얹은 채로 능숙하게 운전하고 있었다. 옆에 앉은 여인 또한 광고 속 모델처럼 긴 머리칼을 한껏 휘날리게 놔두었다. 그렇게 포즈를 잡고 있는 연인은 최대한 느리게 달리며 사람들의 시선을 즐겼다.

멋있었다. 쿠바의 멋에 한껏 취한 나는 셔츠 단추를 과감하게 풀어 헤치고 거리로 나섰다. 태양은 뜨겁고 하늘은 파랬다. 바다는 넘실댔고 파도는 부서졌다. 굳이 묘사가 필요 없는 단조로운 아름다움이 마음에 들었다. 끝없이 펼쳐진 바다가 보이는 해안 도로 옆 오래된 카페에 들어섰다. 벗겨진 페인트와 낡은 목재가 멋스러움을 더했다. 풍만한 가슴을 드러낸 종업원이 다가와 무엇을 시킬 건지 물었다.

"시가와 아바나 클럽."

나는 쓸쓸한 목소리로 주문했다. 시가와 아바나 클럽만이 지금 이 순간의 나를 이해할 수 있다는 듯이.

곧이어 주문한 것들이 테이블에 놓였다. 나는 괜스레 아바나 클럽을 살짝 돌리며 향을 음미했고 시가 연기를 멋스럽게 내뱉으며 만족한 듯 고개를 끄덕였다. 그때 허름한 옷을 입은 40대 남자가 다가왔다.

"올라! 아미고!(안녕! 친구!)"

기억 저편에 희미하게 남아 있는 저예산 영화 속 한 장면 같았다.

"올라! 아미고!"

나는 오른손을 살짝 들며 대답했다. 내가 말한 스페인어 발음이 괜찮았는지 그는 스페인어로 계속 이야기를 했

다. 영화 같던 분위기는 내가 영어를 시작하자마자 끝나버
렸다.

"미안. 나 스페인어 못 해."

나는 영화 속 고독한 기타 연주자도, 솜씨 좋은 외로운
킬러도 아니었다. 셔츠 단추를 잠그는 걸 잊어버린 칠칠치
못한 외국인 여행자일 뿐이었다. 그는 시가를 들어 보이며
라이터를 빌려달라고 했다. 쿠바는 공산품이 비싸서 길을
걷다 보면 불을 붙여달라는 요청을 많이 받았다. 나는 탁자
위에 놓인 라이터 대신 품에서 성냥을 꺼내 그에게 건넸다.

"라이터로 시가에 불을 붙이면 기름 냄새가 시가 맛을
해치잖아."

시가는 라이터가 아닌 성냥으로 불을 붙여야 제맛이라
는 얘기를 들은 적이 있었다.

나는 그가 '이 친구, 시가 좀 아는 친구였군!'이라고 칭
찬해주길 기다렸다. 하지만 그는 시가 꼭지 부분을 기요틴
(시가 끝부분을 자르는 기계) 대신 입으로 떼어내 퉤퉤 뱉고는
탁자 위 라이터를 가져가 불을 붙였다.

"누가 그런 헛소리를 해?"

시가 연기를 후우, 하고 내쉰 그가 미간을 찡그리며 물
었다.

"음…… 서양에서는 시가를 피우는 몇 가지 방법이 있는데……."

나는 괜히 서양 탓을 하며 말끝을 흐렸다. 내가 잘못 알고 있었던 걸까?

"분명 미국 놈들이 또 그런 요상한 말을 지어냈겠지. 시가라고는 전혀 모르는 놈들이! 내가 시가를 만드는 사람이야. 30년 넘게 하루도 거르지 않고 시가를 피워온 사람이라고. 라이터로 불을 붙이면 기름 냄새가 난다니, 거참 웃긴 이야기군. 그래서, 라이터로 담뱃불을 붙이니 기름 냄새가 납디까? 미국 놈들 참."

쿠바인은 미국을 좋아하지 않았다. 쿠바 사람들은 외국인을 만나면 어느 나라에서 왔냐고 묻지 않았다. '당신 미국 사람입니까?'라고 먼저 물었다. 아니라는 대답을 듣고서야 '아미고!' 하며 환하게 웃어줬다. 쿠바인이 지닌 미국에 대한 적대적인 태도는 혁명 박물관에서도 확연히 드러났는데, 그곳에는 닉슨과 조지 부시 부자가 이빨이 뾰쪽하고 마귀할멈처럼 손톱이 긴 괴물로 그려져 있었다. 아무리 싫어도 그렇지 한 나라 정부가 세운 박물관에 다른 나라 대통령이었던 사람들이 그런 식으로 그려져 있는 곳이 또 어디에 있을까. 그토록 미국을 싫어하는 까닭에 쿠바인은 어떤 식으로

든 나쁜 것은 모두 미국에서 시작되었다고 믿었다.

"그게 자본주의에서 발생하는 문제점이야. 그들은 필요도 없는 이상한 것들을 만들어내서 쓸모없는 소비를 하게 하지. 자본주의 사회가 잘사는 사회 같지? 거기 사람들은 비만인 데도 늘 배가 고픈 상태야. 자본주의는 만족이란 게 없는 사회니까. 다시 말하지만 우리가 라이터가 아닌 성냥으로 담뱃불을 붙이는 건 라이터가 비싸기 때문이야. 그리고 성냥으로 불을 붙이는 우리를 본 미국인이 이런저런 이야기를 지어냈을 테고. 기름 냄새가 난다고? 거참. 하하."

그는 한동안 배를 잡고 웃어댔다.

"그럼 시가는 어떤 식으로 피워야 해?"

"아이고, 이 친구야! 시가 피우는 데 방법 같은 게 뭐가 있어? 자본주의식 멋을 버리라고. 어떠한 일을 어떠한 식으로 해야 한다는 규정 따위는 버리란 말이야. 시가는 말이지. 어떻게 피우느냐가 중요한 게 아니야. 그저 시가를 즐겨."

그 말을 듣자 왠지 부끄러운 마음이 들어 조심스럽게 풀었던 셔츠 단추를 단정하게 잠갔다.

황금 동상 아래

경찰관

나는 숙소 발코니에서 '라이터'
로 시가에 불을 붙이고는 아바나 클럽을 마시며 검푸른 아
바나 바다를 바라보고 있었다. 새까만 아이들은 물장구치기
에 여념이 없었고, 젊은 커플들은 긴 방파제만큼이나 길게
입을 맞추며 사랑을 속삭였다. 중년 남성들은 카페에 앉아
시가를 뻑뻑 빨아대며 담소를 주고받았다.

해가 중천이다. 이들은 도대체 언제 공부하고 언제 일
하는 걸까?

"우리는 도대체 언제 나갈 건데?"

아내에게 한 소리를 듣고서 자리를 털고 일어났다. 우
리는 방파제를 따라 걸었다. 시가를 문 나이 지긋한 아저씨
와 풍만한 몸채를 지닌 아줌마가 주고받는 일상적인 대화도
정겨웠고, 철썩이는 파도 소리도 흥겨웠다. 나와 아내는 거
리의 악사들이 연주하는 살사 리듬에 맞춰 손을 맞잡고 길
거리에서 춤을 췄다. 고민이라고는 하나도 찾아볼 수 없는
곳 같았다. 그때였다.

"헬로! 헬로!"

우리를 부르는 듯한 목소리 쪽으로 고개를 돌리니 말
을 탄 장군을 본뜬 황금 동상 아래, 커다랗고 메마른 분수대
에 경찰관 한 명이 서 있었다.

'아니, 경찰이 왜 우릴?'

이유는 알 수 없었지만, 일단 경찰이 부르니 그곳으로 향할 수밖에 없었다. 자본주의 국가와 사회주의 국가는 뭐든 다를 것 같지만 꼭 그렇지는 않다. 어디든 그곳 경찰관을 무시해선 안 된다.

"반가워요. 어디서들 오셨어요?"

황금 동상 아래 선 경찰관이 땀을 뻘뻘 흘리며 우리에게 물었다.

캐나다와 한국에서 왔다고 하니, 그가 "그레이트! 아미고" 하고 답했다. 그는 우리에게 아바나에서 가보면 좋을 관광지를 이야기해줬다. 대단한 영어 실력이었다.

"쿠바에서 만난 쿠바인 중에 영어를 제일 잘하시는 것 같네요."

아내가 말했다.

"사실 이 일을 하기 전에 학교에서 영어를 가르쳤거든요."

그가 땀을 닦으며 말했다.

"왜 그만두신 거예요?"

"아무도 배우려 하지 않아서요. 굳이 배우지 않아도 먹고사는 데 지장이 없고, 또 배운다고 해서 더 잘살 수 있는 것도 아니니까요. 아이들 입장에서는 학교에 가서 공부하는 것보다 바다에 먹을 감으러 가는 걸 더 좋아할 수밖에 없죠. 쿠바에서 아이들을 가르치는 일은 정말 고역입니다. 배우고자 하는 열정이 없는 사람들을 가르치는 것이 무슨 의미가 있겠습니까? 그래서 그만뒀어요."

나는 바다에서 먹을 감던 새까만 아이들이 떠올랐다. 왜 아이들이 학교에 가지 않고 항상 바닷가에서 놀고 있는지 이해가 되었다.

"그래서 선생님을 그만두고 경찰이 된 건가요?" 내가 물었다.

"관광 가이드가 되기 위한 징검다리용 직업이에요. 몇 년간 경찰로 일해야만 관광 가이드가 될 수 있거든요. 쿠바에서는 직업을 바꾸려면 어쩔 수 없이 원치 않는 일을 해야 해요. 그래서 제가 지금 여기 있는 거죠. 저는 여기에 서 있다가 외국인이 보이면 늘 손을 흔들어서 인사해요. 그리고 쿠바에 온 외국인들에게 쿠바 명소를 소개해주면 정말 뿌듯해요. 그들은 적어도 제 말에 집중하고, 도중에 '이 녀석 뭐라는 거야? 날씨도 더운데'라는 듯이 바다에 먹을 감으러 가지는 않으니까요."

그는 잠시 말을 멈췄다. 진격하는 포즈를 취하고 있는

황금 동상을 두려운 듯 한번 힐끗 쳐다보고는 목소리를 낮춰 다시 이야기를 이어갔다.

"쿠바는 꿈도 욕심도 없이 그저 순간순간의 인생을 즐기며 살려는 사람에게는 살기 좋은 나라라고도 할 수 있어요. 하지만 열심히 살고 싶은 사람에게는 그렇지 않아요. 저는 불행히도 열심히 살고 싶은 사람이에요. 저는 꿈이 많아요. 제 꿈을 이루기 위해 도전하고 또 노력해서 성공하고 싶기도 하고요. 그래서 저는 영어를 잊지 않으려고 외국인을 보면 꼭 손을 흔들어 이야기를 나누고, 퇴근 후에는 독일어를 공부합니다. 혹시 독일어 할 줄 아세요?"

내가 "아니요"라고 답했지만 그는 내 말에 개의치 않고 유창한 독일어를 늘어놓기 시작했다. 무슨 말인지는 전혀 알 수 없었지만 발음이 강하고 거친 독일어가 그토록 슬프게 들렸던 건 처음이었다.

"저는 불행히도
열심히 살고 싶은 사람이에요."

충분한 돈은
얼마일까?

콜롬비아의 산힐은 가만히 있어도 땀이 흘러내리는 곳이다. 에어컨 냉기가 가득한 곳에 무작정 찾아 들어가 체온을 확 내리고 싶다고 간절히 원할 만큼 더웠다. 하지만 이곳 사람들은 나 같은 사람이 아니었다. 더워지면 딱 더워진 만큼만 팬을 돌려 딱 그만큼만 더위를 날려버리는 사람들이었다. 천장에서 느린 속도로 돌고 있는 팬을 보고 있자니 오히려 열이 오르는 것 같아 고개를 푹 숙여버렸다. 그러자 어제 있었던 일이 다시 떠올랐다.

우리가 머물고 있는 산힐은 콜롬비아에서도 각종 레포츠를 값싸게 할 수 있는 곳으로 유명하다. 아내와 나도 래프팅을 하기 위해 이곳을 찾았다.

"아침 7시에 픽업할 테니 늦지 말고 광장에 나와 있어요."

가이드가 절대 늦지 말고 나오라고 신신당부했기에 우리는 꼭두새벽부터 일어나 허둥지둥 광장으로 나왔다. 광장에는 우리와 함께 래프팅을 갈 여행객들이 벌써부터 진을 치고 있었다. 우리는 웃으며 래프팅에 대한 기대를 나눴다. 하지만 웃음은 오래가지 않았다. 7시까지 와야 할 차가 9시가 다 되도록 나타나지 않았던 것이다. 함께 기다리고 있던 사람들 모두 분명 무슨 문제가 생긴 거라며 안절부절못했다. 이젠 누구도 웃지 않았다. 나는 급한 마음에 래프팅 예약을 했던 숙소로 달려갔다. 하지만 돌아오는 대답이 가관이었다.

"좀 늦나 보죠."

"벌써 두 시간이나 지났단 말이에요."

내 말에 숙소 직원은 아무렇지 않다는 듯 다시 답했다.

"그럼 한 시간만 더 기다려보세요."

이건 무슨 경우일까. 여행사에 전화를 해보았지만 아무도 받지 않았다. 나는 다시 광장으로 나와 근심 어린 외국인들 속으로 스며들었다.

그로부터 한 시간이나 지나 마침내 여행사 차가 나타났다. 세 시간이 넘게 기다리고 있던 성난 여행객들이 운전기사와 가이드에게 달려들었다.

"도대체 이렇게 늦는 법이 어디 있어요?"

"세 시간이나 늦다니, 이게 말이나 됩니까?"

하지만 가이드는 마음씨 좋은 옆집 아저씨처럼 해맑게 웃으며 말했다.

"오늘은 정말 신기한 날이에요."

화가 난 여행객들은 뭐가 그리 신기했느냐며 따지고 들었다. 그러자 가이드는 여전히 믿기지 않는다는 표정으로 말했다.

"글쎄, 저랑 운전기사가 동시에 늦잠을 잤지 뭡니까! 하하하!"

가이드 말에 운전기사가 자랑스럽다는 듯 하얀 치아를 드러내며 미소 지었다. 그렇게 우여곡절 끝에 떠났던 래프팅은 다행히도 즐거웠다.

하지만 지금, 1분에 몇 번 도는지 셀 수 있을 만큼 천천히 돌고 있는 팬을 보고 있으니 느긋한 웃음으로 나를 화나게 했던 남미 사람들 얼굴이 하나씩 떠올랐다. 나와 아내가 느려터진 이 레스토랑에 앉아 있은 지도 한참이 지났다. 손님들로 북적이는데 웨이터라고는 나이가 지긋한 노인 한 명뿐이었다. 정장을 갖춰 입은 그는 정말이지 느릿느릿 움직였다. 공룡이 현 인류로 진화하는 지루한 과정을 보고 있는 듯했다. 게다가 친한 사람이라도 만나면 다른 주문은 제쳐둔 채 온갖 이야기를 늘어놓았다. 그렇다고 항의하는 사람은 없었다. 우리는 남미 법에 따라 기다리고 또 기다렸다.

나무 테이블 여섯 개가 전부인 레스토랑에 있는 하얀 벽에는 간단한 정물화 몇 점이 걸려 있었다. 노래는 흘러나오지 않았다. 그래서인지 사람들이 쩝쩝거리며 이야기하는 소리가 유독 크게 들렸다. 너무 오래 기다려 이제는 아내와 더 이상 할 얘기도 없어진 나는 다시 느리게 돌아가는 팬을 바라보았다. 정신을 집중해서 바람을 느껴보려고 했지만 헛수고였다. 아무래도 팬이 존재하는 이유는 이 느림 속에서도 시간은 여전히 흘러가고 있다는 걸 말해주기 위해서인 듯했다. 어릴 적 시간이란 뭘까 궁금해하던 기억이 떠올랐다. 나는 수도꼭지에서 나온 물이 흘러 하수구로 빠져나가는 것처럼 어느 한 곳으로 신선한 시간이 흘러 들어오면 다른 한 곳으로 오래된 시간이 빠져나간다고 생각했다. 마침내 오래된 시간이 빠져나가는 하수구를 찾은 것만 같았다. 세상을 떠돌다 이제는 늙고 병든 오래된 시간들이 바로 저기 저 팬을 통해 사라지기에 이곳 시간이 이토록 느린 것이다.

드디어 웨이터가 우리에게 다가왔다. 그는 오늘의 정식에 대해 자세히 설명해주었다. 이 집은 오직 오늘의 정식 하나만을 팔고 있었다. 하지만 단 하나 있는 메뉴의 선택 폭은 대단히 넓었다. 바비큐 립에는 라즈베리 소스, 파인애플 소스, 무슨 무슨 소스를 선택할 수 있고, 수프는 양송이 수프, 비프 수프, 토마토 수프…… 주스에는 오렌지 주스, 딸기 주스…… 디저트는 어쩌고저쩌고……. 차례를 기다리는 다른 손님에게 미안할 정도였다. 나는 시험 답안지를 작성하는 기분으로 수많은 코스의 선택지를 모두 고른 뒤 마침 생각

여행은   누군가의
결국,   하루

났다는 듯 물었다.

"그저께하고 어제는 문을 닫았던데 무슨 일이 있었나
요?"

사흘 전, 우리는 숙소 직원에게 추천받은 이 레스토랑
에서 점심을 먹었다. 워낙 훌륭한 점심이었기에 이번엔 와
인을 곁들인 멋진 저녁을 먹자며 그제와 어제 저녁때 이 레
스토랑을 다시 찾았다. 하지만 문이 닫혀 있어 아쉽게 발길
을 돌려야 했다.

"네? 그저께하고 어제도 영업을 했습니다만."

웨이터가 말했다.

"저녁에 왔었는데 문이 닫혀 있던데요."

내가 의아한 표정으로 말했다.

"저희는 금요일을 제외하고는 점심때만 문을 엽니다."

이게 무슨 이야기인가 싶었다. 이 레스토랑은 마을에서
가장 유명한 데다 항상 기다리는 사람들로 만원이었다.

"저녁때는 왜 문을 닫지요?"

내가 알 수 없다는 표정으로 물었다.

"점심에 충분한 돈을 버는데 굳이 저녁때까지 레스토
랑을 열 필요가 있겠습니까? 금요일도 손님들이 하도 원해
서 어쩔 수 없이 여는 겁니다."

충분한 돈을 번다? 아니, 돈이 어떻게 충분할 수 있는 거지? 분명 이 레스토랑보다 훨씬 많은 돈을 벌고 있는 맥도날드조차 충분한 돈을 벌고 있다고 여기진 않을 것이다. 24시간 영업까지 하고 있으니 말이다. 맥도날드 CEO가 주주총회에서 '지금도 이미 충분한 돈을 벌고 있으니 앞으로는 점심때만 영업을 하겠습니다'라고 말한다면 무슨 일이 벌어질까?

"그래도 저녁에 문을 열면 돈을 더 많이 벌 수 있잖아요."

내 질문에 그는 이해가 안 된다는 표정으로 고개를 저으며 말했다.

"사람이 충분한 돈 이상을 벌면 문제가 일어나는 법이죠. 제가 저녁에 문을 열면 저녁 손님을 뺏긴 다른 레스토랑에서 일하는 직원들은 더 늦은 시간까지 일해야 합니다. 그럼 저나 그 사람들이나 가족을 보는 시간이 줄어들겠지요. 제가 충분한 돈 이상을 버는 것은 어느 누군가에게 가야 할 돈을 불충분하게 하는 일입니다."

그 순간이었다. 천장에서 느릿느릿 돌아가는 팬에서 불어오는 바람이 느껴졌다.

"제가 충분한 돈 이상을 버는 것은
어느 누군가에게 가야 할 돈을
불충분하게 하는 일입니다."

크게 잃을 것 같은
느낌

페루 리마에 도착했을 때는 어스름한 저녁이었다. 한국인이 운영하는 게스트하우스에는 주인장과 장기 투숙 중인 대학생만 머무르고 있었다. 대학생은 벌써 떠났어야 했는데 카지노에 빠져서 비행기를 두 번이나 연기했다고 말했다. 땄느냐고 물으니 한번은 크게 땄고 한번은 크게 잃었다고 했다. 저녁을 먹은 그는 어김없이 카지노로 향했다.

"오늘은 크게 딸 것 같은 느낌이 들어요."

크게 딸 것 같은 느낌이 든다는 그가 부러웠다. 나는 크게 딸 것 같은 느낌이 아니라 크게 잃을 것 같은 느낌이 들어서였다. 여행이 길어질수록 몸은 지쳐갔고, 집이 그리워졌다. 모국어로 말하고 싶었고, 익숙했던 것들을 잠시라도 느끼고 싶었다. 여행을 떠나고 나서 처음으로 한국인이 운영하는 게스트하우스를 일부러 찾아온 것도 그러한 이유 때문이었다. 그즈음 나는 여행이란 게 익숙했던 모든 것을 버리고 떠날 만큼 가치 있는 걸까, 심각하게 고민 중이었다.

저녁을 먹은 아내는 피곤하다며 먼저 잠자리에 들었다. 이곳을 찾느라 한 시간 넘게 헤맸으니 피곤할 만도 했다. 하지만 나는 수많은 생각이 떠올라 잠이 오질 않았다. 머리라도 식힐 겸 거실로 내려오니 소파에 앉아 있는 주인장이 보였다. 그가 근심 어린 내 얼굴을 보더니 함께 담배나 한 대 태우자고 했다.

　우리는 밖으로 나왔다. 보랏빛 밤하늘 아래 저 멀리서 절벽에 부서지는 파도 소리가 들려왔다. 주인장은 내게 담배 한 개비를 건네며 불을 붙여주었다. 그러곤 자신도 담배를 입에 물었다.

　"장기 여행 중이라고 했죠? 힘들지는 않아요?"

　그는 질문과 함께 자신도 세계여행을 한 경험이 있다고 했다.

　"장기 여행을 하다 보면 한번씩 위기가 찾아와요. 한없이 힘들어져선 그냥 돌아가고 싶다는 생각이 드는 거죠. 제 경험으로는 적어도 6개월에 한 번은 그런 위기가 찾아왔던 것 같아요."

　나는 담배 연기를 후우, 내뱉으며 고개를 끄덕였다. 나와 아내도 여행을 시작한 지 6개월에 가까워지고 있었다. 그리고 그가 말한 대로 우리는 무척이나 지친 상태였다. 무거운 배낭을 메고 매번 새로운 곳에서 잠을 자야 하는 건 결코 쉬운 일이 아니었다. 하지만 무엇보다 나를 힘들게 했던 건 여행에 대한 의문이었다. 길을 걸을 때도, 잠을 자기 전에도, 하물며 샤워를 하고 있을 때도 누군가 불쑥 내 안으로 찾아와 물었다.

'이렇게 힘든 여행이 안정적인 직장을 그만두고 떠날 만큼 가치가 있나요?'

목소리는 보험 상품을 권유하는 보험 설계사의 목소리 처럼 다정다감했다. 하지만 '당신은 굉장히 위험한 삶을 살고 있어! 그걸 알아야 해!'라는 저의가 깔려 있었다. 그럴 때면 나는 목소리가 권유하는 보험에 가입한 주변인을 생각하곤 했다. 취업에 어려움을 겪던 친구들도 이제는 취업을 했고, 같은 시기에 입사했던 회사 동료는 진급을 했다. 나는 그런 소식을 접할 때마다 조급해졌다. 마라톤 경주에서 넘어진 선수가 자신을 지나쳐 달리는 선수들을 쳐다보는 심정이랄까. '내가 이 시기에 여행을 하는 게 과연 잘하는 일일까? 여행이 끝나면 뭐가 달라질까? 여행을 마친 후에는 무엇을 해야 하는 거지?' 두서없는 질문들이 마음을 어지럽혔고, 결국 불면증까지 안겨줬다. 나는 게스트하우스 주인장에게도 그런 끔찍한 질문이 따라다녔을 거라고 짐작했다. 그럴 때마다 도대체 어떻게 그 상황을 극복했을까?

"여행은 얼마나 하셨나요?"

그에게 물었다.

"글쎄요. 타지에 나와 있으니 아직도 여행을 하고 있는

셈이죠. 저는 서른 중반에 회사를 그만두고 여행을 떠났습니다. 회사를 그만둘 때만 해도 정말 홀가분했죠. 하지만 여행을 하는 동안 서서히 지쳐갔습니다."

그는 옛일을 떠올리듯 잠시 밤하늘을 바라보았다.

"그래서 이탈리아에 잠시 정착했습니다. 좀 쉬면 괜찮아질 거라고 생각했거든요. 그렇게 여유를 좀 갖다 보니 제가 힘들었던 이유가 여행 때문이 아니었다는 것을 깨달았습니다. 저는 불확실한 제 인생이 힘들었던 겁니다. 가끔 자신이 무엇 때문에 힘든지 잘 모를 때가 있어요. 이유를 잘못 찾는 경우도 많고요. 당시 제가 제대로 된 이유를 찾은 건지는 모르겠지만, 힘든 이유가 여행 때문이 아니라는 것은 확실했습니다. 그래서 그길로 한국으로 돌아갔죠."

꼭 내 이야기 같았다. 그의 이야기를 따라가다 보면 내 고민의 실마리를 찾을 수 있을 것 같았다.

"혼자서 여행을 마쳤다니 대단하시네요!"

"아뇨. 저는 여행을 마치지 못했습니다."

"한국에 돌아가셨다면서요?"

"한국에 2주밖에 있지 못했습니다."

"계속 여행이 하고 싶으셨던 건가요?"

"그건 아닙니다. 저는 긴 여행을 마쳤으니 휴식이 필요하다고 생각했어요. 하지만 부모님이나 주위 사람들은 제가 쉬도록 내버려두지 않았습니다. 제가 여행 때문에 남들보다 뒤처졌다고 생각했으니까요. 여행에서 무엇을 보고 느꼈는지는 조금도 물어보지 않았어요. 그저 앞으로 어떻게 살아갈 건지 묻기에만 바빴습니다."

주인장은 잠시 말을 끊었다가 다시 입을 열었다.

"한국은 휴식하기에 적당한 장소가 아니었어요. 저는 다시 한국을 떠날 수밖에 없었습니다. 저는 남미를 여행하기로 했어요. 그리고 어쩌다 보니 이곳에 게스트하우스를 내게 된 거고요. 지금도 힘들지 않다고는 말할 수 없습니다만 이전 삶보다는 지금 삶에 훨씬 만족합니다. 무엇보다도 누군가 내게 들이대던 잣대가 사라졌다는 것이 좋아요. 제가 외국인이니 이곳 사람들 잣대도 저와는 상관없는 이야기지요."

그는 다 타버린 담배를 끄고 새 담배를 한 개비 꺼내 내게 권했다. 내가 괜찮다고 말하자 내게 주려던 담배를 입에 물고 다시 불을 붙였다. 그러고는 깊고 긴 호흡으로 담배를 빨아들였다. 그는 그동안 적절한 말을 찾고 있었다. 자신이 힘들어했던 모든 것을 앞으로 경험해야 할 이 여행자에게 무슨 말을 해주어야 할까? 몇 번이나 담배 연기를 뿜어내다 마침내 그가 입을 열었다.

"그러니까 제가 말씀드리고 싶은 것은…… 이런 여행은 아무나 할 수 있는 게 아니라는 겁니다. 이유야 어찌되었건 두 분도 이렇게 여행을 떠나오는 게 쉬운 결정은 아니었을 거예요. 하지만 그 결정에도 책임이 따른답니다. 아마도 그게 지금 마음속에 있는 고민과 두려움이겠지요. 여행하면서 그걸 이겨낼 방법을 찾아보세요. 이전보다 굳건해진 용기도 좋고, 새로운 사업 아이템도 좋고, 마음을 다스리는 법을 깨우치는 것도 좋습니다. 저는 아직 여행을 마치지 못했습니다. 지금도 많은 생각 속에서 살아가고 있지요. 참, 그거 아세요? 여행은 시작하는 것도 어렵지만 끝마치는 것 역시 어렵다는 사실요."

'거보세요, 제가 뭐랬어요? 당신은 지금 위험에 처해 있다니까요!'

그가 말을 마치자마자 지금껏 우리 대화를 엿듣고 있던 여우 같은 보험 설계사가 냉큼 말했다.

나는 괜스레 발밑에 버려져 있는 담배를 다시 한번 발로 꾹 밟았다.

"가끔 자신이 무엇 때문에 힘든지
잘 모를 때가 있어요.
이유를 잘못 찾는 경우도 많고요."

예스터데이 비즈니스, 투데이 아미고

아내와 함께 볼리비아 라파스 시내를 돌아보고 숙소가 있는 골목길에 들어설 때였다. 한 소년이 구두를 닦고 가라며 내 옷자락을 잡고 늘어졌다.

"써, 써! 쏘 더티, 쏘 더티! 클린, 클린! 오케이?"

아침에 홀로 골목길을 산책할 때 봤던 녀석이었다. 그때는 가만있던 녀석이 지금은 내게 득달같이 달려들었다. 난감했다. 아내 때문에 이 녀석 손을 뿌리칠 수가 없었다. 아내는 내가 어느 정도 매정한 구석이 있다는 걸 알고 있긴 하지만 이 어린 녀석을 억지로 떼어낸다면 분명 이렇게 생각할 게 뻔했다.

'역시 이 인간은 정말 못됐어!'

참으로 영리한 녀석이었다. 이 모든 상황을 꿰뚫고 있으니. 그게 아니고서야 굳이 지금 이 순간에 내게 이렇게 매달릴 이유가 없었다. 또 하나 난감했던 건 내가 등산화를 신고 있었다는 사실이다. 구두약을 묻힌 솔로 등산화를 문지른다면 그거야말로 '쏘 더티'한 신발이 될 게 뻔했다. 마음을 굳게 먹고 소년을 과감히 물리치려는데 이번엔 동생으로 보이는 어린 소녀가 달라붙었다.

"플리즈! 플리즈!"

어린 소녀의 얼굴은 땟물 범벅이었다. 잔뜩 말라붙은

콧물이 코 주변에 가득했다. 손은 또 얼마나 더러운지 소녀가 잡았던 내 옷자락이 금세 시꺼메졌다.

그래, 내가 졌다, 졌어.

"등산화니까 닦진 않아도 돼. 대신 돈을 줄게."

나는 주머니에 있던 잔돈을 모두 꺼냈다. 꽤나 많은 돈이라 그중 동전 몇 개를 집으려고 했는데 그 틈을 놓치지 않은 소녀가 손안에 있던 동전을 한 움큼 가져가버렸다. 너무도 당연하게 가져가서 도로 돌려달라고 할 수도 없었다. 소녀는 고맙다는 말도 하지 않았다. 그런 여동생 옆에서 키득키득 웃고 있는 소년이 보였다. 나는 돈을 받고 어떻게 고맙다는 말도 하지 않느냐고 꾸짖었다. 그러자 소년이 약 올리듯 말했다.

"잇츠 비즈니스!"

된통 당했구나 싶었다.

숙소로 돌아와 자리에 누우니 이 남매가 계속 생각났다. 괘씸하다가도 안쓰럽고, 안쓰럽다가도 괘씸했다. 그러다 돈 몇 푼 주고는 그게 아까워서 몇 시간을 쩔쩔매는 내 모습이 한심했다. 다시 남매를 찾아가야겠다 싶었다.

다음 날, 나는 일부러 골목길을 어슬렁거렸다. 어제와 같은 자리에 앉아 있던 녀석은 어제 아침처럼 혼자인 나에게 접근하지 않았다. 오히려 나를 피하는 눈치였다. 나도 소년 앞을 왔다 갔다 했다. 그렇게 얼마간 어색한 대치 끝에 내가 먼저 녀석에게 다가갔다.

"신발 좀 닦아줄래?"

"이거 등산화잖아요? 괜찮겠어요?"

등산화를 닦으라고 그토록 닦달하던 녀석은 어디로 갔을까?

"괜찮아. 닦아줘."

녀석은 정말 괜찮겠냐는 듯 어깨를 으쓱하고는 바로 작업에 들어갔다. 멀리서 우리를 지켜보던 녀석의 여동생도 다가왔다. 소녀 역시 오늘은 날 붙잡을 생각도 않고 그저 쪼그려 앉아 오빠와 나를 지켜보았다. 나는 소녀에게 미리 준비해 온 잔돈과 사탕을 건넸다.

어린 소녀는 "그라시아스!"라고 답하며 해맑게 웃었다. 그 웃음을 보니 어제 내가 너무 각박하게 군 것 같았다. 구두닦이 소년도 환하게 웃었다. 녀석은 더욱 열심히 등산화를 닦았다. 소매로도 닦고, 침을 뱉어서도 닦고, 솔로도 열심히 닦았다. 등산화는 더 이상 깨끗할 수 없을 정도로 말끔해졌다. 솜씨 좋은 녀석이었다.

"정말 깨끗하다. 고마워. 얼마야?"

"주고 싶은 대로 주세요. 안 줘도 상관없고요."

소년은 당당한 얼굴로 말했다. 정말이지 돈을 받지 않아도 된다는 표정이었다. 나는 주머니에 있던 잔돈을 모두 꺼내 소년에게 주었다. 녀석은 얼마인지 확인도 하지 않고 동전들을 주머니에 넣으며 외쳤다.

"그라시아스!"

"굿 비즈니스!"

내가 엄지손가락을 추켜세우며 말했다.

그러자 소년이 고개를 저었다.

"노, 노, 노! 예스터데이 비즈니스, 투데이 아미고!"

'남에게 대접받고자 하는 대로 너희도 남을 대접하라.'

예수는 말했다.

'남에게 대접받고자 하는 대로
너희도 남을 대접하라.'
예수는 말했다.

죽음의 도로와
나비

나는 볼리비아에 오게 되면 꼭 해보고 싶은 것이 있었다. 바로 '죽음의 도로'를 경험해보는 것이었다. 죽음의 도로는 해발 4,700미터에서 1,200미터에 걸쳐져 있는 험악한 산악 도로로, 매년 '세계에서 가장 위험한 도로'에 이름을 올리는 곳이다. 이곳에는 나처럼 위험을 즐기는 사람들을 위해 자전거 활강 투어가 마련되어 있었다. 이것이야말로 죽음의 도로를 완벽하게 체험할 수 있는 방법이 아니고 뭔가. 물론 지극히 안전을 추구하는 아내가 극구 나를 말렸다.

　　　"괜찮아. 죽음의 도로라는 건 관광객을 끌어모으려고 붙인 거창한 이름일 뿐이야. 실제로는 별거 없을 거야."

　　　겨우 아내를 설득하고서 함께 여행사를 찾아갔다. 겉보기에는 여느 여행사와 다를 바 없는 사무실이었다. 세련된 인테리어로 꾸민 밝은 분위기의 사무실로 들어서니 여행사 티셔츠를 입은 여직원이 영업용 미소를 띤 채 외국인 관광객을 상대하고 있었다.

　　　"안녕하세요. 먼저 오신 손님이 있어서요. 죄송하지만 잠시만 기다려주시겠어요?"

　　　우리를 발견한 여직원이 환한 미소와 함께 밝은 목소리로 말했다.

"네, 그럴게요."

나는 차례를 기다리며 사무실을 둘러봤다. 한쪽 벽에 이곳 죽음의 도로 여행 상품을 이용했던 고객들 사진과 스크랩된 신문을 표구해놓은 액자가 걸려 있었다. 죽음의 도로를 달리며 환하게 웃고 있는 라이더의 모습을 담은 사진 아래에는 이런 문구가 적혀 있었다.

'죽음의 도로를 달리다 절벽으로 추락해 사망한 젊은이의 죽기 전 마지막 모습.'

그리고 스크랩된 신문 기사도 모두 이곳 여행 상품을 이용하다 죽은 사람에 관한 기사였다.

세상에나, 어이가 없었다. 도대체 어느 여행사가 자신들이 만든 여행 상품을 이용하다 죽은 사람 사진을 이토록 당당하게 걸어놓을까? 여행사도, 이곳을 찾는 사람도 모두 정상이 아닌 것 같았다.

여행사를 방문하고 숙소로 돌아오는 내내 아내의 걱정이 이어졌다. 방금 전 정상이 아닌 여행사에서 죽음의 도로 자전거 활강 상품을 신청하고 왔기 때문이었다.

"걱정 마. 내가 꼭 1등으로 내려올게!"

나는 걱정하는 아내를 놀리며 말했다.

"그러지 마! 죽음의 도로는 실제로 사람이 죽는 곳이라고. 제발 조심해!"

"당연히 조심할 거야. 하지만 누군가는 1등으로 들어오지 않겠어? 단지 그 1등을 내가 하겠다는 거야."

아내 낯빛이 점점 더 어두워졌다.

다음 날 아침, 아내가 여행사까지 동행하겠다고 고집을 부렸다.

"좀 더 자둬. 금세 한 바퀴 돌고 돌아올 테니까."

"싫어. 이게 마지막일지도 모르는데."

아내는 여행사에 도착할 때까지 끊임없이 조심하라고 당부했다.

울 듯한 얼굴로 인사를 건네는 모습에 결국 나도 미안한 마음이 들었다.

"알았어. 조심해서 다녀올게. 너무 걱정하지 마. 1등 같은 얘기는 다 농담이었어."

아내가 고개를 끄덕였다.

여행사 앞에는 죽음의 도로로 데려다줄 밴 두 대가 와 있었다. 나는 뉴질랜드에서 온 남자 세 명과 여자 세 명, 세르비아에서 온 청년, 그리고 프랑스에서 온 청년과 함께 밴에 올랐다. 우리는 밴이 들썩들썩할 정도로 신나게 이야기를 나누었고, 금세 우리가 대단히 비슷한 부류에 속한 사람들이란 걸 알아차렸다. 모두 제정신이 아니었다.

두 시간 정도 달려 목적지에 도착했다. 출발지는 황량했다. 온통 돌뿐이었다. 큰 칼을 휘두르는 듯한 날카로운 소리를 내며 사정없이 불어오는 바람 속에는 굵은 모래가 섞여 있어 살갗에 닿을 때마다 따끔거렸다. 고도 또한 높아 숨 쉬는 것도 편치 않았다.

가이드가 우리를 불러 모아 보호 장비를 나눠줬다. 그때 누군가 죽음의 도로에서 몇 명이나 죽었는지 물어보았다.

"그동안 이곳에서 자전거를 타다 목숨을 잃은 사람은 서른두 명이에요. 1년에 네 명 정도 죽는다고 보면 돼요."

"어썸(죽여주네)! 정말 미친 짓이야!"

"어썸! 정말 신난다!"

정말이지 정상이 아닌 사람들이었다. 이런 사람들을 제치고 과연 내가 1등을 할 수 있을까. 보호 장비를 갖춘 우리는 출발선 앞에 나란히 섰다. 그리고 출발 사인과 함께 드디어 죽음의 질주가 시작됐다. 나는 금세 이곳이 왜 죽음의 도로인지 알게 되었다. 세 가지 이유가 있었다.

첫째, 도로가 상당히 좁고 한쪽은 절벽이다. 절벽 아래에는 나무 한 그루 없이 온통 돌만 가득해서 일단 떨어지면 사망이다.

둘째, 이 도로는 자전거 전용 도로가 아니다. 버스와 트럭 같은 대형 차량과 함께 좁은 도로를 달려야 한다. 차에 치어 죽을 확률도 꽤나 높다.

셋째, 가이드 때문이다. 팀 대형은 이랬다. 가이드가 제일 첫 줄에서 달리고 그 뒤로 라이더들이 일렬로 달렸다. 가이드는 굉장히 빠른 속도로 내려가는 것도 모자라 핸들에서 양손을 떼고 만세를 불렀다. 그러고는 "여러분들은 이렇게 못 하죠? 하하하!" 하고 외쳤다. 가이드 뒤를 따르던 라이더들은 그 말에 자극을 받아 핸들에서 손을 떼고 만세를 불렀다. 그러면 가이드는 안장에서 엉덩이를 떼고 일어나 만세를 부르며 외쳤다. "그럼 이건 어때요? 이건 할 수 있겠어요? 하하하!" 그때마다 가이드를 따라 하던 라이더들은 중심을 잃고 위험한 상황을 연출했다.

그렇게 신나게 달리던 가이드가 갑자기 길 한가운데 멈춰 섰다.

"여기에서 사고가 있었어요. 버스가 전복됐었죠. 저 작은 표식이 죽은 이들을 기리는 기념비예요."

기념비에는 '누구누구 몇 년에 사망'이라고 적혀 있었다.

"어썸! 우리 여기서 기념사진 찍어요!"

"자자. 그럼 다들 묘지 앞에 서보세요. 제가 사진을 찍어드리죠."

가이드가 활짝 웃으며 카메라를 들었다.

그 모습을 보며 절로 고개가 저어졌다. 어떻게 안타까운 사고로 사망한 사람 묘지 앞에서 어썸을 외치며 기념사진을 찍겠다는 걸까. 정말 알면 알수록 비정상적인 사람들이었다. 나는 묘지 앞에서 이들과 함께 어깨동무를 한 채 어썸을 외치며 기념사진을 찍고 다시 자전거 페달을 밟았다.

죽음의 도로는 크게 두 코스로 이루어져 있었다. 첫 번째 코스가 삭막한 돌산이었다면 두 번째 코스부터는 울창한 산이었다. 첫 번째 코스를 무사히 마친 우리는 간단하게 점심을 먹은 뒤 두 번째 코스 출발선에 섰다. 두 번째 코스는 안전해 보였다. 우선 숲이 주는 시각적인 안정감이 있었고, 차도 거의 다니지 않았다. 이런 우리 마음을 읽었다는 듯 가이드가 말했다.

"자. 다들 안심해서는 안 돼요. 길이 아직 좁고 한쪽은 절벽이니까. 더구나 이 코스부터는 자갈길이에요. 바퀴가 어디로 튈지 모르니 제발 조심하세요. 절벽으로 떨어지면 바로 사망이에요."

솔직히 나는 그가 하는 말을 듣는 둥 마는 둥 했다. "출

여행은
결국,   누군가의
              하루

발!"이라고 외치며 양손을 머리 위로 치켜들고 산을 내려가는 사람이 할 말은 아닌 것 같았다. 역시나 가이드를 뒤따르는 무리 속 몇몇이 그를 따라 만세를 불렀다.

가이드는 첫 번째 파트에서 그랬던 것처럼 사람들이 목숨을 잃은 곳마다 자전거를 세웠다.

"바로 여기서 100명이 넘는 사람이 죽었어요. 안개가 지독히도 심한 날, 승객을 가득 실은 버스 두 대가 충돌해서 절벽으로 떨어졌거든요."

"여기 기념비 보이죠? 작년에 한 여성 라이더가 여기서 풍경 사진을 찍다가 중심을 잃고 절벽 아래로 떨어져서 사망했죠."

이제 우리는 놀라지도, '어썸!'이라 외치지도 않았다. 대신 다들 첫 번째 파트에서 적응한 자전거 실력으로 앞서 달리는 라이더를 제치는 재미에 푹 빠졌다. 나 또한 안전하게 자전거를 타겠다고 아내와 한 약속을 어기고 힘차게 페달을 밟았다. 이렇게 된 이상 꼭 1등을 해야겠다고 마음먹었다.

그렇게 한참을 정신없이 달리는데 내 앞으로 나비 한 마리가 지나갔다. 검고 아름다운 나비였다. 이토록 아름다운 나비는 본 적도, 앞으로 볼 수도 없을 것 같았다. 아름다운 여자를 봤을 때처럼 시간이 느리게 흘렀다. 나비는 느려진 시간 속에서 요염하게 날갯짓을 하며 왼쪽에서 오른쪽으로 날아갔다. 그리고 그 끝에는 절벽이 있었다.

끼이이이익!

나는 눈앞에 나타난 큰 돌을 미처 피하지 못했다. 더 이상 자전거를 조종하는 게 어렵겠다고 생각했을 땐 이미 절벽이 코앞에 와 있었다. 온 힘을 다해 자전거를 절벽 반대편으로 기울이며 자전거에서 뛰어내렸다. 나는 떼굴떼굴 바닥을 구르며 나가떨어졌다.

꼭 감았던 눈을 뜨니 절벽에 간신히 몸을 걸치고 있는 자전거가 보였다. 놀란 가슴에 아픈 줄도 몰랐다. 천천히 일어나 내가 떨어질 뻔했던 절벽 아래를 내려다보았다. 까마득한 높이에 순간 어지럽고 등줄기에 식은땀이 흘러내렸다. 절벽으로 떨어졌다면 무슨 일이 일어났을까.

한 여행자가 죽음의 도로를 경험해보려고 여행사를 찾았다. 겉보기에는 여느 여행사와 다를 바 없는 사무실 모습에 죽음의 도로니 뭐니 하는 것도 다 관광객을 끌어모으기 위해 붙인 거창한 이름일 뿐이었던 걸까 싶어 김이 빠졌다. 세련된 인테리어로 꾸민 밝은 분위기의 사무실로 들어서니 여행사 티셔츠를 입은 여직원이 영업용 미소를 띤 채 외국인 관광객을 상대하고 있었다.

"안녕하세요. 먼저 오신 손님이 있어서요. 죄송하지만 잠시만 기다려주시겠어요?"

그를 발견한 여직원이 환한 미소와 함께 밝은 목소리로 말했다.

"네, 그럴게요."

그는 차례를 기다리며 사무실을 둘러봤다. 한쪽 벽에 이곳 죽음의 도로 여행 상품을 이용했던 고객들 사진과 스크랩된 신문을 표구해놓은 액자가 걸려 있었다. 죽음의 도로를 달리며 환하게 웃고 있는 라이더 모습을 담은 사진 아래에는 이런 문구가 적혀 있었다.

'죽음의 도로를 달리다 절벽으로 추락해 사망한 젊은이의 죽기 전 마지막 모습.'

그리고 스크랩된 신문 기사도 모두 이곳 여행 상품을 이용하다 죽은 사람에 관한 기사였다. 기사에 그의 아내가 한 인터뷰가 실려 있었다.

"그이는 항상 1등이길 원했어요. 정말 1등으로 빨리 가버렸네요."

그는 안타까운 마음에 고개를 저었지만 여행 상품을 신청했다.

죽음의 도로를 달리던 중, 악마 같은 가이드가 한 묘비 앞에 멈춰 섰다.

"전에 한 라이더가 1등을 하겠다고 달리다가 여기서 떨어져 죽었습니다."

그는 여행사에서 읽었던 신문 기사가 떠올랐다. 아하, 그 사람 묘지구나. 다른 라이더들과 함께 그의 묘지 앞에서 "어썸"을 외치며 기념사진을 찍었다.

놀란 가슴을 진정시키느라 쉬는 동안 다른 라이더들이 빠르게 지나갔다. 더 이상 순위는 아무 의미가 없었다. 일어서려고 땅에 손을 짚자 극심한 통증이 몰려왔다. 장갑을 벗으니 손바닥에 잔뜩 물집이 잡혀 있었다. 돌산에서, 자갈길에서 빠르게 달리려고 핸들을 잡은 손에 잔뜩 힘을 줘서인 것 같았다. 도대체 1등이 뭐라고 통증도 느끼지 못하고 달려왔을까.

한참 숨을 고른 뒤 나는 다시 자전거를 타고 매우 천천히 달리기 시작했다. 풍경이 너무도 아름다웠다. 진한 녹색을 띤 커다란 나무들, 갖가지 색으로 치장한 야생화들, 그리고 아름답게 우는 새들.

어째서 지금까지 이토록 아름다운 것들이 주변에 있는

지도 모르고 달려왔을까?

느리게 달리니 도로도 더 이상 좁게 느껴지지 않았다.

나는 근처에 사는 듯한 현지인을 지나치며 "올라!" 하고 인사했다. 나를 돌아본 현지인이 흠칫 놀라더니 얼떨결에 "올라!" 하고 답했다. 아마도 내가 그에게 인사한 첫 번째 사람이었던 모양이다. 모두들 빠르게 지나가느라 인사할 겨를이 없었을 테니까.

천천히 페달을 밟으며 다음 미팅 포인트에 도착했다. 이미 도착한 라이더들이 나를 기다리고 있었다. 그들은 꽤 오랜 시간을 기다렸음에도 온화한 미소를 짓고 있었다. 사람은 자신보다 앞서가는 사람에게만 인색할 뿐, 뒤처지는 사람에게는 관대했다. 그런 면에서 보면 남들보다 조금 뒤처지는 삶이 오히려 살 만한 인생이 아닐까.

가이드가 흙이 잔뜩 묻은 내 옷을 보더니 물었다.

"넘어졌었어요?"

"네. 하마터면 죽을 뻔했죠."

내 대답에 가이드는 묘한 표정을 지었다. 다행이라 생각하는 건지 아쉽다고 생각하는 건지 알 수가 없었다.

"어쩌다 넘어진 거예요?"

"내 앞으로 너무도 아름다운 나비 한 마리가 지나갔거

든요. 그 나비를 넋 놓고 바라보다 절벽 아래로 떨어질 뻔했다니까요."

내가 한 말에 모두가 크게 웃었다. "어썸! 최근 들은 이야기 중 최고야!"라는 찬사도 보내왔다. 하지만 내가 봤다는 아름다운 나비에 대해서는 묻지 않았다. 그저 나비가 있는지도 모를 정도로 빠르게 달렸다는 걸 자랑하는 데 급급했다. 어썸.

사람은 자신보다
앞서가는 사람에게만 인색할 뿐,
뒤처지는 사람에게는 관대했다.
그런 면에서 보면 남들보다
조금 뒤처지는 삶이
오히려 살 만한 인생이 아닐까.

저글링

우리는 여행하며 만나 친해진 미국인 커플 타일러, 파울라와 함께 아르헨티나의 수도, 부에노스아이레스의 한 카페에서 펭귄 레몬에이드를 마시며 더블데이트를 즐기고 있었다. 타일러와 파울라는 서커스 학교 선생님으로, 일을 쉴 때면 다른 나라로 서커스 공연을 다니며 여행을 한다고 했다.

'왜 여자들은 펭귄 모양을 한 컵에 그토록 열광하는가'라는 주제로 나와 열띤 토론을 벌이던 타일러가 문득 내게 물었다.

"이봐, 이건 다른 이야긴데, 사실 예전부터 묻고 싶었어. 너는 왜 직장을 그만두고 이런 장기 여행을 시작하게 된 거야?"

펭귄 컵 이야기를 하다 갑자기 왜 여행을 떠나왔는지 말하려니 멍해졌다. 일단 펭귄 레몬에이드를 한 모금 마셨다.

"기울어진 건물에서 산다면 어떨 거 같아?"

"기울어진 건물?"

"응. 기울어진 건물. 도대체 왜 기울어졌을까 싶어 지반이며 철골 상태며 콘크리트 밀도까지 다 체크해봤지만 어떤 문제도 찾을 수 없는 건물. 그렇다고 점점 기울어져가는 건물에서 살 수는 없잖아. 내 인생이 그랬어. 아무리 생각해봐도 아무 문제가 없는데 자꾸만 기울어져가는 거야. 그걸 바라볼 때마다 불안하고 두려웠어. 그래서 여행을 시작한 거야. 문제를 발견하지 못했다고 기울어지는 건물을 그대로 놔둘 수는 없잖아. 과감하게 허무는 수밖에."

펭귄 컵 부리 부분을 만지작거리며 말했다. 타일러가 진지한 얼굴로 고개를 끄덕였다.

"넌 어쩌다 광대가 된 거야?"

이번엔 내가 타일러에게 물었다.

"우리 부모님은 두 분 다 치과 의사야. 그래서 너도 커서 치과 의사가 되라는 말을 듣고 자랐지. 워낙 어릴 적부터 들어온 이야기라 나는 아주 당연하게 치대에 들어갔고, 치과 의사가 되려고 밤낮없이 공부했어. 내가 다른 일을 할 수 있을 거라고는 부모님도, 나도 생각하지 못했지. 그런데 하루는 이런 생각이 드는 거야. 내가 과연 두려움에 떠는 사람들 표정을 매일 보며 살 수 있을까? 난 자신이 없었어. 하지만 치과 의사가 아닌 내 모습을 상상할 수가 없었지."

장난기 가득했던 타일러의 얼굴이 일그러졌다.

"이대로 치과 의사가 되어 하루 종일 나를 두려워하는 사람들 표정을 보다 죽는 게 내 숙명이라고 생각을 하니 더 이상 웃음이 나오지 않았어. 그러던 어느 날, 오늘 하루만큼은 아무 생각도 하지 않고 웃고 싶다 생각했지. 마지막으로 웃었던 날이 기억조차 나지 않는 거야. 그래서 무작정 서커스를 보러 갔어. 골치 아픈 일은 전부 다 잊을 만큼 멋진 서커스였어. 정말로 오랜만에 아무 걱정 없이 큰 소리로 웃을 수 있었지. 서커스를 보고 나오니까 내가 진정 원하는 게 뭔지 알겠더라고. 그날 나는 광대가 되기로 결심했어."

살바도르 달리를 연상시키는 타일러의 특이한 콧수염만큼이나 멋진 이야기였다.

"나도 여행을 하면서 너처럼 내가 진짜 하고 싶은 일, 내가 진정으로 행복할 수 있는 일을 찾는다면 얼마나 좋을까?"

내가 부러워하며 말했다.

"그래? 그렇다면 광대가 되는 건 어때? 아이들이 우스꽝스러운 내 모습을 보고 웃을 때 얼마나 행복한데."

타일러가 콧수염 왁스로 끝을 뾰족하게 만든 콧수염을 쓰다듬으며 눈을 반짝였다.

"실은 중학생 때 저글링을 할 줄 안다면 멋있어 보일 것 같아 연습을 해봤는데 잘 안 되더라고. 그쪽으로는 영 소질이 없나 봐."

"저글링도 기술이야. 가르쳐주는 사람 없이 혼자서 해

내긴 어려워. 누구나 혼자서 저글링을 뚝딱뚝딱 해내면 우리 같은 광대는 뭘 먹고 살겠어? 하지만 서커스 학교 선생님인 내가 가르쳐준다면 너도 20분 안에 저글링을 해낼 수 있지."

타일러가 씨익 웃으며 가방에서 저글링 공 세 개를 꺼냈다. 저글링을 시작할 때 어느 손에 공을 쥐고 있어야 하고, 어떤 순서로 공을 던지고 받아야 하는지 타일러는 알기 쉽게 설명해줬다. 설명을 들으니 저글링이 그리 어려워 보이지 않았다. 하지만 실전은 달랐다. 20분이면 누구나 저글링을 할 수 있다고 자신 있게 말했던 타일러는 한참이 지나도록 저글링을 하지 못하는 나를 보고 난감해했다.

"공을 잡으려고 하지 말고 우선은 공을 던지는 데 집중해봐. 저글링을 처음 배우는 사람들이 흔히 보이는 특징이야. 사람들은 공을 던지는 것보다 잡는 게 더 어렵다고 생각하지만 오히려 그 반대야. 공을 손에서 놓는 게 더 어려워. 사람은 뭐든 손에 쥐는 건 좋아하지만 떠나보내는 건 싫어하기 마련이거든."

더블데이트를 마치고 숙소로 돌아오자마자 나는 배낭맨 아래에 넣어두었던 무거운 청바지를 꺼냈다. 청바지를 꺼내려니 배낭 위에 있던 물건을 전부 꺼내야 했다.

대학교 때 해진 청바지 하나, 스포티한 회색 반바지 하나, 티셔츠 몇 장을 번갈아 입고 다녔던 나는 취업하고 받은 첫 월급으로 80만 원이나 하는 고급 청바지를 구입했다. 팬티가 보일 정도로 해진 청바지를 입고 다니던 인간이 최초로 저지른 사치였다. 나는 그 청바지를 사며 내 인생이 물질적 전환기를 맞았다고 생각했다.

하지만 그 청바지가 비싼 가격만큼 효용이 있었던 건 아니었다. 4년 만에 처음으로 다른 청바지를 입었는데 주변 사람들이 관심을 가져주지 않았다. 게다가 80만 원짜리 청바지는 예전에 입던 싸구려 청바지보다 오히려 불편했다. 청바지를 디자인한 사람이 80만 원이나 받고 팔 건데 가벼우면 되겠냐며 값비싸고 무거운 광물을 청바지 이곳저곳에 숨겨놓은 것 같았다.

그럼에도 여행하다 혹시라도 근사한 곳에 가게 될 일이 생기면 이 청바지를 입어야겠다는 생각에 무겁고 불편한 청바지를 배낭 깊숙이 쟁여 왔다. 하지만 배낭여행자가 근사한 곳에 근사한 옷을 입고 갈 일은 생기지 않았다. 여행한 지 8개월이 됐지만 이 청바지를 한 번도 입지 않았다. 그런데도 나는 청바지를 버리지 못했다. 만약 만 원짜리 청바지가 무겁고 불편했다면 어땠을까? 이 무거운 청바지가 배낭 속에서 나의 어깨를 짓누르며 존재하는 이유는 오로지 80만 원을 주고 샀다는 것뿐이었다. 그 외에는 다른 어떤 이유도 찾을 수가 없었다.

나는 청바지를 손에 쥐고 청바지와 함께한 기억을 떠올렸다. 회사에서 첫 월급을 받고 기뻐하던 기억. 비싸게 주고 산 청바지를 입고 거울 앞에 몇 번이나 섰던 기억. 다른 사람들이 이 비싸고도 비싼 청바지를 알아봐주길 원하던 기억. 그런데 아무도 몰라주길래 청바지 브랜드가 잘 보이도록 티셔츠 뒷부분을 바지 안으로 슬쩍 넣어 입던 기억……. 청바지에 얽힌 이런저런 기억이 주마등처럼 스쳐 지나갔다.

거리로 나가 근처 쓰레기통 옆에 청바지를 고이 버렸다.

그리고 다음 날 나는 생애 최초로 저글링에 성공했다.

"사람은 뭐든
손에 쥐는 건 좋아하지만
떠나보내는 건
싫어하기 마련이거든."

어부가 된 선생님

우리가 머무는 게스트하우스에는 젠이라는 50대 후반의 키 작은 미국 여성이 머물고 있었다. 젠 곁에는 늘 많은 여성이 모였다. 일본에서 왔든, 이탈리아에서 왔든, 나이가 적든 많든 상관없었다. 여자들은 젠을 둘러싸고 앉아 다들 젠이 하는 말 한 마디 한 마디를 목마른 자처럼 경청했다. 그건 내 아내도 마찬가지였다. 젠을 만난 뒤로 늘 내게 젠을 찬양하는 이야기를 늘어놓았다.

그렇다고 여자들만 젠을 존경하는 건 아니었다. 남자들 역시 젠에게 깊이 감사하고 있었다. 밤늦도록 여자들이 젠과 함께 머무니 남자들도 늦게까지 맘껏 술을 마시며 즐겁고 돈독한 시간을 보낼 수 있었기 때문이다.

"야호. 자유다. 오늘도 맥주다. 뭐 하는 거야? 얼른 와!"

타일러가 오늘도 내 방을 찾아와 말했다. 타일러의 여자친구 파울라와 내 아내는 오늘도 젠의 말씀을 들으러 떠났다.

나와 타일러는 오늘도 밤늦도록 맥주를 마실 생각에 싱글벙글 웃으며 부엌으로 향했다. 그런데 부엌으로 내려가는 계단에서 마침 젠의 설교가 열리고 있었다. 많은 여성이 낮은 쪽 계단에 앉아 가장 높은 계단에 앉은 젠을 우러러보며 이야기를 듣고 있었다. 이들 사이를 어떻게 지나가야 할지 주저하고 있는데, 젠과 그녀를 따르는 제자들이 우릴 발견했다.

여자 몇몇이 우릴 기분 나쁜 눈으로 바라봤다. 한번 지나갈 테면 지나가보라는 눈빛이었다. 그때 젠이 웃으며 우리 모두 이들이 길을 지나갈 수 있도록 비켜주자고 말했다.

그러자 모세의 기적처럼 길이 열렸다. 조금 전까지 기분 나쁜 눈으로 우릴 쳐다보던 여자조차 갑자기 길 잃은 어린 양을 본 듯 한없이 자비로운 웃음을 지으며 우리가 지나갈 길을 터주었다. 자비로운 미소를 띠는 여자 무리 사이를 지나가는 일은 생각과 달리 정말 섬뜩했다.

"우리도 잠시 이야기를 들어볼까?"

젠이란 사람은 대체 어떤 사람이길래 이런 일이 일어나는 걸까?

나와 타일러는 계단 난간에 기대어 젠이 하는 이야기를 잠시 들어보기로 했다. 하지만 애초 계획과 달리 우리는 아예 맨 아래 계단에 자리 잡고 앉아 밤늦도록 젠이 하는 이야기에 귀를 기울이고 말았다.

젠이 들려주는 이야기는 정말 놀라웠다.

30여 년 전, 젠은 학교 선생님으로 일하는 평범한 20대 여성이었다. 그런데 어느 날 그녀에게 어부가 되고 싶다는 생각이 불현듯 찾아왔다. 대체 어디서부터 시작된 생각인지 알 수가 없었다. 그 전에는 단 한 번도 어부가 되고 싶단 생각을 해본 적이 없었다. 물론 평소 낚시를 좋아하는 것도 아니었다.

젠은 별 이상한 일도 다 있다고 생각했다. 시간이 지나면 이런 이상한 생각도 곧 사라질 거라며 대수롭지 않게 넘겼다. 하지만 어부가 되고 싶다는 생각은 시간이 지날수록 점점 더 간절해졌다. 물고기를 왕창 잡고 싶단 생각이 머릿속을 떠나질 않았다. 꿈도 고기 잡는 꿈만 꿨다. 결국 학생마저 물고기로 보이는 지경에 이르자 젠은 어쩔 수 없다고 생각했다.

"그래서 학교를 그만두고 홀로 알래스카로 떠났죠. 전 재산을 털어 그곳에서 작은 배 한 척을 사서 어부가 되었어요."

젠이 그때는 정말 어쩔 수 없었다고 고개를 저으며 말했다.

아니, 정말 어부가 되었다고? 나는 깜짝 놀랐다. 아무리 어부가 되고 싶다 한들 덜컥 직장을 그만두고 알래스카로 홀로 떠날 수 있을까. 대체 젠은 무엇을 상상했던 걸까?

고개를 드니 단단한 얼음처럼 맑고 투명한 하늘이 보

였다. 손톱으로 그은 듯 길고 가는, 외로워 보이는 구름을 따라 갈매기 떼가 끼룩끼룩 울며 어지럽게 날았다. 하늘과 맞닿은 수평선을 따라 작은 어선 한 척이 바다를 호기롭게 갈랐다. 빨간 바탕에 가로로 파란 줄무늬가 굵게 쳐진 낡은 어선이었다. 갑판 위 어부는 담배 한 대를 뻐끔뻐끔 맛있게 피우고 나서 힘차게 그물을 끌어 올렸다. 그물과 함께 끌려온 물고기 떼가 날뛰며 은하수처럼 반짝였다. 어부는 만족한 듯 쿨한 미소를 지으며 보드카를 마셨다.

어부는 다음 날도, 또 그다음 날도 어업을 했다. 그리고 그로부터 20여 년이 지난 어느 날이었다.

"이제 물고기는 원 없이 잡은 것 같아."

20여 년 전 불현듯 들었던 물고기를 잡고 싶다는 열망이 마침내 사라졌다. 젠은 그 즉시 육지로 배를 돌렸다. 물고기 같은 건 조금도 더 잡고 싶지 않았다.

젠은 알래스카 생활을 모두 청산하고 다시 미국 본토로 돌아갔다. 그리고 그곳에서 남자친구를 만나 함께 세계를 여행하고 있다.

젠이 해주는 이야기를 들으며 감탄을 금치 못했다.

"어떻게 그런 용기를 낼 수 있었던 거죠?"

다들 나와 같은 생각인지 젠을 따르는 여자 신도 중 한 명이 물었다.

"용기요? 아니에요. 저를 움직인 건 용기가 아니라 이제 더는 피할 수 없다는 포기에 가까운 마음이었어요."

젠이 미소와 함께 답했다.

우리는 어떤 일을 시작하려 할 때면 흔히 말하는 부귀나 명예 같은 성공 여부를 먼저 생각한다. 하지만 안타깝게도 그 누구도 실제로 그 일을 해보기 전에는 그런 외적인 성공을 이룰 수 있을지 알 수 없다. 사회가 말하는 외적 성공을 이루려면 개인이 지닌 능력 외에도 고려해야 할 조건이 너무도 많기 때문이다. 그래서 우리는 실패할 가능성을 뛰어넘음을 '용기가 필요하다'고 말한다.

하지만 젠은 사회가 말하는 외적인 성공이나 실패는 전혀 상관하지 않았다. 그저 물고기만 잡을 수 있다면 다른 건 아무래도 괜찮았다. 그녀에게 성공은 그저 알래스카로 떠나 어부가 되는 일 그 자체였다. 그다음부터 일어날 일, 즉 물고기를 잡으며 물질적 성공을 이룰 수 있을지, 또 선생님으로 살던 때보다 더 존경받을 수 있을지는 전혀 고려 대상이 아니었다. 그런 이유로 젠은 남들이 보기에 무모하다고 여겨지는 일을 하면서도 전혀 용기를 낼 필요가 없었다.

그동안 내가 하고 싶은 일이 무엇인지 알 수 없었던 건

순수한 갈망이 아니라 외적인 성공도 함께 이룰 수 있는 일을 찾으려 했기 때문이 아닐까.

젠은 내게 새로운 질문을 던져주었다.

성공하고자 하는 열망과 실패할까 두려운 마음을 넘어서서 내가 진정으로 하고 싶은 일은 무엇일까?

"용기요? 아니에요.
저를 움직인 건 용기가 아니라
이제 더는 피할 수 없다는
포기에 가까운 마음이었어요."

45도

          "안 돼!"

    "안 돼!"

    "안 돼!"

    세바스천은 모두 안 된다고 했다. 크리스마스를 며칠
앞두고 독일 함부르크에 도착한 우리는 세바스천과 그의 여
자친구가 함께 사는 아파트를 찾았다. 그는 한국에 교환학
생으로 왔다가 나와 친해졌다. 우리는 세바스천의 아파트에
머물면서 독일 커플과 아름다운 함부르크의 거리를 산책했
다. 멋스러운 건물 주위를 조용하고 잔잔하게 배회하는 안
개 사이로 반짝이는 크리스마스 전구를 바라보고 있으면 안
개 낀 바다에 떠 있는 배 위에서 휘황한 육지의 불빛을 보고
있는 기분이 들어 절로 황홀해졌다.

    하지만 이런 황홀한 기분은 지하철을 타고 집으로 돌
아갈 때면 산산히 깨지고 말았다. 자꾸만 검사하지 않는 지
하철표를 굳이 사야 하나 싶은 생각이 들어서였다. 독일에
는 따로 지하철 검표대가 없어서 티켓이 있든 없든 지하철
을 타는 데 아무런 문제가 없었다. 아내와 나는 남미에서 지
낼 때보다 적게는 두 배, 많게는 세 배가 넘는 돈을 지출하
고 있었다. 부끄럽지만 이번에는 표를 사지 않고 지하철을
타려 했다.

"티켓 샀어?"

세바스천이 물었다.

"하루 경비가 이전보다 너무 많이 나와서 그게……."

내 말이 끝나기도 전에 세바스천이 외쳤다.

"안 돼!"

세바스천은 황급히 티켓을 사서 아내와 내게 쥐여주었다. 미국 로스앤젤레스에서 지하철표를 사려고 서성이는 우리에게 "티켓은 머저리나 사는 거야!"라며 자기처럼 티켓 없이 승차하라고 권했던 미국인과는 확연히 다른 태도였다.

그렇게 집으로 돌아온 나는 우리를 초대해준 세바스천 커플에게 고마움을 전하기 위해 닭볶음탕을 만들기로 했다. 한국 재료 없이 한국 음식을 만들려다 보니 실패한 실험 영화 같은 끔찍한 닭볶음탕이 완성되었다.

고문에 가까운 식사 이후, 우리는 영화를 보기로 했다. 각자 보고 싶은 영화를 하나씩 제안했는데, 다들 내가 말한 영화를 보자며 입을 모았다. 내가 만든 형편없는 닭볶음탕을 먹고도 나의 의견을 존중해주다니, 독일인은 정말 마음씨 좋은 사람들이었다. 누군가가 내게 그런 담배 맛이 나는 닭볶음탕을 해주었다면 나는 평생 그 사람을 신뢰하지 못했을 것이다.

"그럼 내가 컴퓨터에서 영화를 다운받을게. 다들 조금만 기다리고 있어."

"안 돼! 인터넷에서 영화를 다운받는 건 불법이야."

세바스천이 외쳤다.

"그럼 어떡해? 달리 방법이 없잖아."

"DVD 대여점이 왜 있겠어?"

나는 세바스천과 자전거를 타고 DVD 대여점으로 향했다. 한국에서는 이미 오래전에 사라진 DVD 대여점이 독일에는 아직도 존재한다는 사실이 놀라웠다. 꽤 추운 날씨였다. 잘 달리던 그가 횡단보도 앞에 멈춰 섰다. 차는커녕 사람 코빼기도 보이지 않았다.

"이봐, 차도 없는데 얼른 건너가자고."

내가 언 손에 입김을 불며 말했다.

"안 돼!"

우리가 서 있는 곳은 사방이 다 보이는 도로변인 데다가 설사 페라리가 최고 속도로 달려온다 해도 충분히 건널 수 있을 정도로 폭이 좁은 1차선 도로였다. 하지만 세바스천은 요지부동이었다. 넘어지면 코 닿을 곳에 있는 신호등을 마치 먼 곳의 섬처럼 응시하고 있었다. 독일인은 마음씨도 좋은 데다 법도 철저하게 지켰다. 그러고 보니 거리에도 쓰레기 하나 버려져 있지 않았다. 가지에서 떨어져 아무렇게나 굴러다니는 낙엽만 뺀다면 설명서대로 잘 만들어진 거대한 레고 작품 안에 들어와 있다고 해도 틀린 말이 아니었다. 그렇게 도착한 DVD 대여점은 손님들로 북적북적했다. 다들 손쉽게 편히 영화를 볼 수 있는 길을 놔두고 합법적으로 영화를 보기 위해 수고를 무릅쓰고 이곳을 찾은, 올바름을 추구하는 사람들이었다. 올바른 사람들이 한곳에 모인 DVD 대여점에서 나 홀로 올바르지 못한 인간이라 생각하니 무섭다는 생각이 들었다.

내가 그동안 만나왔던 독일인들은 모두 하나같이 훌륭한 인격을 지니고 있었기에 어떻게 이토록 올바른 사람들이 폭군 히틀러에게 선동될 수 있었는지가 항상 의문이었다. 그런 의문을 품은 건 독일인들도 마찬가지였다. 아니, 어떻게 우리처럼 올바른 사람들이 히틀러라는 인간에게 깜빡 속을 수 있었을까.

인도 여행 중에 독일 친구들을 만나 함께 여행한 적이 있다. 그때 한 인도인이 불교 문양을 보고서 독일의 상징과 비슷하지 않냐고 물었다. 그러자 독일 친구가 깜짝 놀라며 말했다.

"그건 나치의 상징이지 독일의 상징이 아니에요."

"나치가 독일이 아니었단 말이오?"

"그럼요. 나치와 독일은 완전히 다르다고요!"

"그럼 나치는 어느 나라 사람이었소?"

인도인의 질문에 독일 친구는 아무 말도 하지 못했다. 그러자 인도인이 웃으며 말했다.

"이보게 친구, 그냥 있는 그대로 받아들이게."

독일인 친구의 얼굴이 영 불편해 보였다. 그 친구의 얼굴을 가만히 바라보던 인도인이 말을 이었다.

"불교 상징을 45도 기울이면 나치가 되는 법이라네. 다시 말해 종교가 조금 기울어지면 악이 될 수도 있다는 말이지. 이 세상의 수많은 사람이 종교 때문에 죽어간 이유가 바로 거기에 있네. 예수와 붓다는 완벽한 사람이었다네. 그래서 그들이 왜곡되면 더욱 위험해지는 거야."

지금껏 만나본 독일인은 모두 겸손했고, 매너가 좋았으며, 성실했다. 과거 자신들의 잘못을 인정하고 사과와 반성을 반복했다. 검사하지 않더라도 지하철표는 꼭 사서 탔고, 개미 한 마리 보이지 않는 1차선 도로에서도 꼭 신호를 지켰으며, 인터넷으로 손쉽게 영화를 다운받아 볼 수 있음에도 굳이 멀리 있는 DVD 전문점에 가서 DVD를 빌려 봤다. 또한 작은 언행조차 차별이나 편견으로 느껴지지 않을까 늘 조심했다. 타 민족 음식을 담배 맛이 난다며 먹지 않는다면 차별이 될 수 있다고 생각했고, 담배 맛이 나는 닭볶음탕을 만든 타 인종 사람이 추천하는 영화를 보지 않는다면 편견이 될 수 있다고 생각했다. 그들이 지고 있는 전범국이라는 과거의 무게는 여전히 무거웠다. 외부 세계는 아직도 의심의 눈초리로 엄한 감시를 하고 있다. 독일 스스로도 다시는 국가가 잘못된 방향으로 향하지 않도록 올바른 국가로 남기 위해 사회 차원의 노력을 기울이고 있었다. 그런 이유로 독일은 하나된 거대한 사회로서 존재하는 것만 같았고, 개인이라는 존재는 한없이 작아 보였다.

반면 프랑스인은 실로 무례했다. 내가 만든 담배 맛 나는 닭볶음탕을 먹은 사람이 독일인이 아니라 프랑스인이었다고 생각하면 등골이 오싹해진다. 다른 사람이 어떻게 생각할지는 뒷전이고 모든 일에 비난을 퍼붓기에 많은 나라가 프랑스에 반감을 가지고 있다. 하지만 편견이나 차별이라고 보기 어려운 게 그 비난은 자국을 향해서도 관대하지 않다. 프랑스에서는 언제 어디서든 시위가 일어나고 있다. 한목소리를 내는 경우는 없다. 매 사안마다 개개인이 저마다 자기가 제일 잘났다고 나서서 한 마디씩 하는 말을 모두 듣고 있자면 프랑스는 물론, 이 세계가 당장 내일이라도 멸망할 것 같다. 저토록 다른 개인들이 어떻게 지금까지 한 나라에 함께 살고 있는지 의문이 들 정도다. 하지만 프랑스인의 그런 기질 때문에 그들이 결코 나치에 선동될 수 없는 사람들이라는 생각도 들었다. 히틀러가 대중 앞에 선다면 그들은 누가 더 멋지게 히틀러를 비난할 수 있는지 대회라도 열 사람들이었다.

이처럼 개인의 자유를 중시하다 보니 세계인에게 그만 무례한 사람으로 찍혀버린 프랑스인은 액체를 떠올리게 했고, 올바른 사회를 중시하며 훌륭한 인격과 철저한 질서 의식을 갖춘 독일인은 고체를 떠올리게 했다. 액체를 45도 기울인다고 달라질 건 없다. 하지만 고체가 45도 기울어진다면…….

블랙코미디

우리는 독일에서 만난 오마르와 함께 암스테르담에 가기로 했다. 오마르는 중국에서 어학연수를 할 때 만났던 튀르키예계 독일 친구다. 나보다 한 살 많고 덩치도 컸지만 어딘가 어수룩한 느낌이 들어서 내가 짓궂은 장난을 많이 쳤다.

"유럽에는 자동차를 함께 타는 문화가 있어."

"무료로 태워주는 거야?"

"아니. 운전자에게 기름값 정도는 줘야지. 그래도 일반 버스나 기차를 타는 것보다는 훨씬 저렴해."

"그럼 차를 얻어 타려면 어떻게 해야 돼?"

"자동차 셰어 관련 사이트에 어디를 갈 예정이다, 라고 올려놓으면 같은 방향으로 가는 사람들이 연락을 해줘."

그렇게 우리는 인터넷 사이트에 목적지를 올렸고, 곧 독일에서 일하는 네덜란드 여성에게 연락을 받았다. 약속 장소에 나가니 움푹 팬 흔적이 잔뜩 있는 오래된 BMW가 주차되어 있었다. 그 옆에서 담배를 피우던 화장기 없는 여자가 우리를 맞았다. 목소리나 표정에 힘이라곤 하나도 없어 보였다. 그녀는 우리 국적조차 물어보지 않고 차에 올라탔다. 유럽인이 아닌 여행자들과 함께 차를 타고 가는 데도 크게 개의치 않는 듯했다.

"이 둘은 세계여행을 하는 중이에요."

오마르가 관심을 끌기 위해 말했다. 하지만 그녀는 어떤 흥미도 보이지 않았다. 눈이 다섯 개 달린 녹색 외계인들이 "사실 우리는 다른 행성에서 왔어요. 지금은 지구 여행을 하는 중이에요"라고 말해도 "그래서요?"라고 무심하게 답할 것 같았다. 그녀가 유일하게 흥미를 보인 건 예의상 우리에게 암스테르담에는 무슨 일로 가느냐고 물었을 때였다.

"당연히 초코 플라(마시는 푸딩)와 더치 프라이 때문이죠."

오마르가 한 대답에 그녀뿐만 아니라 나와 아내도 놀랐다. 어떻게 초코 플라와 더치 프라이가 암스테르담에 가는 당연한 이유가 될 수 있는 거지?

"마리화나를 피울 생각은 없어요?"

그녀가 어이없다는 듯 웃으며 오마르에게 물었다.

그러자 오마르는 마리화나 같은 걸 왜 하느냐고 되물었다.

그녀는 오늘은 정말 희한한 날이란 표정을 지었다. 이후 대화는 곧 단절되었고 우리 셋은 운전자에게 미안할 만큼 금세 곯아떨어졌다.

암스테르담에 도착한 우리는 미리 예약해둔 선상 게스

트하우스로 직행했다. 게스트하우스를 운영하는 주인 커플은 항해를 하다가 돈이 떨어지면 이곳에 정박해 돈을 번 다음 다시 항해를 떠난다고 했다. 멋진 삶이었다. 그들에게는 귀여운 딸이 셋 있었는데, 손으로 자기 눈을 길게 찢으며 나를 "치노!"라고 부르는 것만 빼면 꽤나 사랑스러운 애들이었다.

나는 아이들과 카드놀이도 하고 장난도 치며 금세 친해졌다. 나를 치노라고 불러도 크게 상관하지 않았다. 아이들이 인종차별이라는 것을 제대로 알고 있을 거라고 생각하지 않았기 때문이다. 만약 알았다면 "아이 러브 유, 치노!"라며 내 팔에 매달리거나 안기진 않았을 테니까.

다음 날, 암스테르담은 짙은 안개에 잠겨 있었다. 우리가 머무는 배는 시내와 상당히 떨어져 있었는데도 선상에 오르자마자 마리화나 냄새를 맡을 수 있었다. 우리는 안개인지 마리화나 연기인지 모를 무거운 공기를 뚫으며 시내로 향했다. 한껏 기대에 부풀어 암스테르담 시내에 도착했건만 오마르가 흥을 깨버렸다.

"얼른 더치 프라이부터 먹자!"

흥미로운 가게들을 모두 제쳐두고서 감자튀김 가게부터 가야 하나 망설여졌지만 워낙 오마르가 더치 프라이 노래를 불렀기에 어쩔 도리가 없었다. 암스테르담에는 마약과 성 산업이 합법이기에 어떤 이유로든 흥분한 사람이 많았지만 더치 프라이 때문에 흥분한 사람은 오마르가 유일했다.

아침부터 감자튀김 가게에는 줄이 길게 늘어서 있었다. 즉석에서 바로 튀겨낸 감자튀김을 고깔 모양 종이에 수북하게 쌓은 뒤 그 위에 더치 마요네즈를 뿌려 먹는 게 더치 프라이였다. 사실 더치 마요네즈 말고도 여러 가지 소스가 있었지만 오마르가 더치 마요네즈만 고수했기에 선택의 여지가 없었다. 과연 맛은 있었다. 하지만 감자튀김은 감자튀김일 뿐이다. 오마르는 더치 프라이를 입에 넣은 내가 어떤 말을 할지 기대하는 눈빛을 보냈다.

나는 마지못해 입을 열었다.

"맛있네."

"그렇지? 점심도 더치 프라이로 먹자!"

머리가 아파졌다.

아침으로 감자튀김을 먹은 우리는 각종 가게를 기웃거렸다. 성인용품점에서는 남자 성기와 여자 성기를 떠올리게 하는 여러 가지 기념품을 팔고 있었다. 나는 이곳에서 굉장히 파격적이다 싶은 엽서를 골라 한국에 있는 친구들에게 보냈다. 나중에 안 일이지만 어느 누구도 엽서를 받지 못했다고 했다. 검열에 걸렸던 걸까?

마약 판매점에서는 정말이지 많은 종류의 마약을 팔고 있었다. 환상이 보이는 버섯, 환청이 들리는 버섯, 성감이 극대화되는 버섯 등등 셀 수도, 아니 상상할 수도 없는 온갖 종류의 환각제가 있었다. 우리는 이것저것 한참을 구경한 뒤에 가게를 빠져나왔다.

곧이어 들른 곳은 홍등가였다. 쇼윈도 속 빨간 불빛 아래에 선 나체의 여자들이 지나가는 남자들을 유혹했다. 이곳은 워낙 관광 명소로 꼽히는 곳이라 엄청난 인파가 지나다녔다. 다들 당당하게 나체의 여자들을 감상했다. 이곳에서 쭈뼛거리면 촌뜨기라고 생각하는 듯했다. 나 또한 촌뜨기처럼 보이지 않기 위해 두 눈을 부릅뜨고 쇼윈도를 살피다 결국은 아내에게 한 소리 듣고 말았다. 혹시 아내와 여행을 하게 된다면 암스테르담은 건너뛰라고 권하고 싶다. 촌뜨기가 되거나 아내에게 혼나거나 둘 중 하나는 넘어야 할 산이니까.

시내 구경을 마치고 선상 게스트하우스로 돌아왔다. 마트에서 사 온 초코 플라를 입에 묻혀가며 맛있게 마시는 오마르를 보며 세상에는 참으로 다양한 사람이 존재한다는 생각을 지울 수 없었다.

그때 게스트하우스 주인이 다가와 물었다.

"이봐요, 마리화나 한 대 피우겠소?"

그 말에 오마르는 마리화나 같은 걸 왜 하느냐고 되물었다.

그러자 게스트하우스 주인은, 오늘은 정말 희한한 날이란 표정을 지으며 자신이 피울 마리화나에 불을 붙였다.

"네덜란드 사람들은 마약과 성 산업이 합법인 것에 대해 어떻게 생각하나요?"

게스트하우스 주인에게 물었다.

"정부는 국민을 자유를 주면 스스로 책임도 못 지고 절제도 할 수 없는 바보로 여기며 구속하려 드는데 그건 올바르지 않다오. 우리는 우릴 감시하는 사람을 두려고 세금을 내는 게 아니거든. 네덜란드 국민은 자유를 누리는 만큼 그에 대한 책임도 무겁게 여긴다오. 이곳에서 마약과 성이 문제가 된다면 대개 밖에서 들어온 사람들 때문이지."

그는 멋진 말을 남기고 방으로 사라졌다. 곧 그의 여섯 살 난 딸이 내게 다가왔다. 아이는 두 손으로 눈을 쭉 찢으며 나에게 "치노!"라고 말했다. 나는 훌륭한 아버지 아래에서 자라고 있는 아이에게 그런 행동은 잘못된 거라고 알려주고 싶었다.

　"누구한테 그런 말을 배웠어?"

　나는 우선 타일러볼 요량으로 아이에게 물었다. 그런데
아이 대답을 듣고는 더 이상 할 말이 없어졌다.

　"우리 아빠."

회색 안개

불가리아의 수도 소피아에 도착한 건 이른 아침이었다. 서유럽을 돌며 금전적으로, 체력적으로, 정신적으로 매우 피폐해진 우리는 동유럽에 가야 할지 말아야 할지 고민하고 있었다. 그러던 중 어쩌다 요구르트 이야기가 나왔고, "요구르트 하면 불가리아지!"라는 이야기 끝에 이곳에 오게 되었다. 아무리 우리가 요구르트를 좋아한다 해도 단순히 그걸 먹겠다고 불가리아에 발을 들인다는 건 장기 여행자만이 누릴 수 있는 특권이었다.

불가리아가 요구르트로 유명해지게 된 데는 생리의학 부문 노벨상을 받은 메치니코프의 역할이 컸다. 그는 결혼한 지 5년 만에 첫째 부인을 결핵으로 잃고 충격으로 자살을 시도했지만 실패했다. 이후 재혼을 했지만 둘째 부인 역시 건강이 좋지 않았다. 그의 불운한 삶은 메치니코프로 하여금 생명 연장의 꿈을 꾸게 했다. 메치니코프는 장수 비결을 연구하며 사람이 노화하는 원인이 장 내에 소화되지 않은 음식물과 숙변 물질이 뿜어내는 독소 때문이라는 것을 밝혀냈다. 그렇기에 불가리아와 코카서스 지방 사람처럼 유산균 발효유를 꾸준히 마셔 독소를 제거해야 한다고 주장했다. 그 근거로 그는 당시 미국인의 평균수명이 48세인 반면, 불가리아인의 평균수명은 87세라는 사실을 제시했다. 이때

한 발표가 불가리아가 요구르트로 유명한 나라가 되는 데 크게 기여했다.

하지만 안타깝게도 불가리아 요구르트의 주원료인 불가리아 유산균은 인간의 생명은 연장시키면서도 정작 스스로는 3개월 이상 살지 못했다. 이와 같은 이유로 불가리아 유산균은 주로 고체 가루 형태로 수출됐고, 바로 이러한 점이 신선한 요구르트를 마시러 직접 불가리아에 올 만하다는 우리의 주장에 힘을 보탰다.

하지만 생명을 연장하겠다는 꿈을 안고 온 우리에게 불가리아는 생명 연장의 최대 적인 스트레스를 안겨주었다. 가난한 여행자인 우리는 어떻게든 걸어서 숙소까지 가보려고 했지만 길을 잃고 말았다. 우리는 서로가 맞다고 생각하는 길을 두고 싸우다 결국 정말 잘못된 길로 들어섰다. 기차에서 제대로 잠을 자지 못해 둘 다 예민해진 상태였다. 어딘지도 모르는 곳에서 택시를 잡아탄 뒤로는 아무 말도 하지 않았다. 생명이 점점 줄어드는 게 느껴졌다.

차창 밖을 바라보았다. 회색 하늘 아래 회색 건물이 서 있었고, 그 사이를 회색 눈이 채우고 있었다. 간간이 녹슨 철길 위를 지나가는 낡은 회색 전차가 내는 쇳소리가 회색빛 공기 속으로 희석됐다. 분홍색 건물도 있었다. 하지만 회색 물감이 가득 담긴 비커에 스포이트로 분홍색 물감을 한 방울 떨어뜨렸을 때처럼 금세 회색 도시 속에 묻혀버렸다. 어릴 적 미술 시간에 그림을 다 그린 뒤 붓을 빤 물통을 보면 항상 회색이었다. 하늘을 그리기 위해 푸른색 물감을 썼고, 나무를 그리기 위해 갈색과 초록색 물감을 썼는데도. 그때 그 물통처럼 소피아는 여러 색이 섞이고 흐려져 회색이 된 것 같았다. 나는 회색 도시를 바라보며 오래된 화석을 들여다보는 것만 같았다. 화석을 손에 들면 먼 시간이 느껴지는 것처럼 불가리아 역시 와 있지만 다가갈 수 없는 거리에 있는 도시인 것만 같았다.

　숙소에 도착했을 때는 우리 감정도 소피아의 회색 분위기에 희석되어 있었다. 우리는 언제 다투었냐는 듯 분노도, 그리고 즐거움도 느껴지지 않는 회색 이야기를 주고받았다. 그리고 숙소 직원이 추천해준 소피아 프리 투어에 참여하기 위해 짐을 풀자마자 국회 쪽으로 발걸음을 옮겼다.

　그곳에는 키가 작고 귀여운 아가씨가 '프리 투어'라고 적힌 팻말을 들고 서 있었다. 우리보다 일찍 나온 관광객 몇몇이 그녀를 에워싸고 있었다. 혼잡한 도시였다면 키가 큰 관광객들에게 둘러싸인 이 작은 아가씨를 발견하지 못했을 것이다. 하지만 그렇게 많은 사람이 모여 있는 게 (그래봤자 열 명 내외였지만) 이 도시에서는 굉장히 낯선 풍경이었다.

　　그녀는 우리를 보고 반갑게 인사한 후에 눈앞에 보이는 국회부터 설명하기 시작했다.

　　"불가리아 사람은 사자를 좋아해요. 도시를 돌아다녀보면 곳곳에 사자 동상이나 사자 그림이 꽤 많다는 걸 알게 될 거예요. 사실 불가리아 화폐인 '레바'도 불가리아어로 사자라는 뜻을 지니고 있어요. 하지만 예나 지금이나 불가리아에 사자가 살았던 적은 없어요. 아마 평생 사자를 보지 못한 불가리아인도 많을 거예요. 그렇다고 사자를 좋아하면 안 될 이유는 없지만……."

　　그녀의 말에 관광객들이 재미있다는 듯 웃었다.

　　"우리나라 사람들은 용을 좋아해요. 사람들은 보통 상상 속 동물을 좋아하는 모양입니다. 아마 불가리아에 사자가 많았다면 여기 사람들도 분명 사자를 좋아하지 않았을 거예요. 용이나 사자는 우리가 생각하는 것보다 훨씬 더 포악하고 사나웠을 테니까요."

　　한 남자가 그녀의 말에 맞장구치며 말했고 그녀는 고개를 끄덕여주었다. 튀르키예계와 슬라브계 혼혈이라는 그녀는 밝고 명랑했다. 회색빛 도시에서 유일하게 빛나는 햇불 같았다.

그녀는 관광객들을 이끌고 작은 도시 안에 옹기종기 모여 있는 교회를 방문했다. 모스크와 교회 양식이 뒤섞인 건물이었다. 때를 달리하며 정교회와 이슬람 문화의 중심지였던 이스탄불(옛 콘스탄티노플)에서 가까운 탓에 불가리아 역시 불가리아 정교회와 이슬람 문화가 공존하고 있었다. 그렇다고 정교회와 이슬람 문화가 극명하게 분리되어 있는 것도 아니었다. 말하자면 흑과 백에서 걸어 나온 두 사람이 만나 한 사람이 된 것처럼 두 문화는 융화되어 있었다.

투어를 이끌던 가이드는 마지막 장소인 성 소피아 동상 앞으로 우리를 데려갔다.

"많은 사람이 불가리아 수도명인 소피아가 성 소피아로부터 전해졌다고 짐작하는데 그건 사실이 아니에요. 물론 수도 한복판에 성 소피아 동상이 있긴 하지요. 하지만 사실 이곳에는 레닌 동상이 있었어요. 시대가 변하면서 동상도 바뀐 거예요. 그렇다고 수도명이 소피아라서 성 소피아 동상을 세운 건 아닌데. 뭐, 강하게 부정할수록 한쪽에서 의심이 고개를 드는 건 어쩔 수 없지만. 그런 주장에 반박할수록 연관성이 더 강해지니 둘은 떼려야 뗄 수 없는 관계이기도 해요……"

불가리아인은 회색 도시처럼 뭔가 모호한 구석이 있었

다. 그때 관광객 중 한 사람이 물었다.

"불가리아와 주변국의 관계는 어떻죠?"

"사실 주변국들은 불가리아를 좋아하지 않아요."

그녀는 씁쓸한 웃음을 지으며 말했다. 불가리아가 매 전쟁마다 편을 달리해 '오늘은 동맹국이더라도 내일은 적국이 될 수 있는 나라'로 낙인찍혔기 때문이다.

"그래도 저는 언젠가 모든 사람이 서로 미워하지 않고 사랑할 날이 오리라 믿어요. 꼭 그래야만 하고요."

그녀가 다시 생긋 웃으며 말했다. 발칸 지역 역사를 잘 알지 못하는 나는 그저 그녀의 말을 넌지시 이해해보려고 노력했다.

숙소로 돌아온 우리는 스파게티와 불가리아 요구르트로 저녁을 때웠다. 그리고 유쾌한 일본인 일곱 명과 친해졌다. 막 세르비아에서 불가리아로 넘어온 여행자들이었다.

"세르비아는 참 멋진 곳이에요. 꼭 가봐요!"

그들과 더 친해져서 세르비아가 어떤 면에서 멋진 곳인지 듣고 싶었지만, 나는 스트립 클럽에 가는 그들을 따라갈 수 없었다. 이처럼 아내와 여행을 하다 보면 사람들과 친해질 기회를 종종 놓치곤 한다.

나와 아내는 결단을 내려야 했다. 앞서 말했듯 우리는

서유럽을 여행하면서 꽤나 지쳐 있었고 동유럽을 여행 계획에서 철회시킨 지 오래였다. 불가리아 방문 목적은 순전히 생명 연장의 꿈 때문이었지 동유럽을 여행하려는 생각은 아니었다. 하지만 프리 투어에서 잠시 들었던 이야기들이 마음을 흔들었다. 유럽의 화약고라는 발칸 지역이 좀 더 알고 싶어졌다.

나와 아내는 고심 끝에 세르비아로 향했다. 불가리아의 회색 안개가 우리의 발자국을 서서히 지워냈다.

채식주의자와의
대화 1

여행자 중에는 자신이 여행한 나라에서 특정한 기념품을 수집하는 이들이 많다. 나 또한 그런 사람 중 하나였는데, 나는 채식주의자가 채식하는 이유를 수집했다. 채식주의자를 만나면 그들과 나눈 대화를 따로 기록했다.

다음은 세르비아의 수도 베오그라드에 있는 어느 호스텔에서 만난 보스니아인과 나눈 대화다. 보스니아에서 일을 구하지 못한 그는 다른 나라들을 전전하며 떠돌이 일꾼을 자처하고 있었다. 그는 호스텔에서 일하는 조건으로 그곳에 머물면서 일용직이 생길 때마다 일을 나갔다고 했다. 어떤 날은 목수가 되기도, 또 어떤 날은 엑스트라 배우가 되기도 했다고.

그를 만난 건 호스텔 부엌이었다. 나는 고기를 사다가 요리를 하고 있었고, 그는 채소 수프를 만드는 중이었다. 같은 공간에서 아무 말 없이 요리를 하는 게 어색해서 내가 먼저 말을 걸었다.

"음식이 다 되면 같이 먹을래요?"

내 말에 그가 말했다.

"호의는 고맙지만 사양할게요. 나는 채식주의자거든요."

나 어째서 채식주의자가 된 거예요?

채식주의자 하루는 텔레비전을 보고 있는데 닭들이 어떻게 사육되고 도살되는지 보여줬어요. (잔인한 장면이 기억나는지 몹시 고통스러운 표정을 지으며) 맙소사! 내가 그런 것도 모르고 닭들을 맛있게 먹었다니! 오로지 이익을 위해 도살자가 아무런 감정도 없이 닭 모가지를 싹둑싹둑 잘라버리는 모습이 아직도 머릿속에서 지워지질 않아요.

나 그런 장면이 끔찍할 순 있어요. 하지만 동물도 동물을 잡아먹잖아요.

동물을 도살하는 장면을 본 뒤에 트라우마로 채식주의자가 되는 일은 워낙 흔해서 나는 대수롭지 않게 대답했다.

채식주의자 맞아요. 많은 사람이 도살 장면을 보고 아주 잠깐 동안 끔찍하다고 생각하지만 곧 잊고서 저녁이 되면 식탁 위에 올라온 닭 요리를 맛있게 먹죠.

나 그쵸. 닭 요리는 정말 맛있으니까.

채식주의자　그런 행동과 심리가 얼마나 큰일을 벌일 수 있는지 알아요?

나　그게 무슨 말이에요?

채식주의자　닭의 운명이 곧 우리 민족의 운명이나 다름없어요. 수많은 이의 목이 도살자에게 싹둑싹둑 잘려 나가는 일이 우리나라에서 실제로 벌어졌었으니까요. 사람들은 사람이 죽어나가는 장면을 텔레비전으로 보면서 '세계 어느 곳에는 저런 식으로 사람들이 죽어나가는 곳도 있구나'라고 생각할 뿐 금세 잊어버리죠. (또다시 괴로운 표정을 지으며) 우리는 지금도 위기와 비극 속에 살고 있는데.

나　요즘도 상황이 안 좋은 거예요?

채식주의자　물론이에요. 이제는 비극이 공기처럼 당연한 존재가 되었어요. 목이 잘리는 일을 보는 게 익숙해져 버렸다는 뜻이에요. 참, 시내 한복판에서 폭격당한 건물 봤어요?

나 그럼요. 시내에서 제일 먼저 눈에 띄는 건물이니까요.

베오그라드 시내 한복판에는 폭격에 맞아 구멍이 뻥 뚫린 커다란 건물이 그대로 방치되어 있었다. 유고슬라비아 연방이 분리되는 가운데 나토군이 세르비아를 저지하기 위해 미사일을 발사해서 부서진 군사 건물이었다.

채식주의자 방치가 아니에요. 사람들이 항상 두려움에 떨게 하려고 세르비아 정부가 일부러 그렇게 놔둔 거죠. 미사일을 발사한 나토도 세르비아 사람들이 두려워하라고 폭격을 한 거고.

나는 그가 하는 말을 들으며 유고슬라비아 연방에 속했던 나라가 하나둘씩 해체되어갈 때 세르비아가 보스니아와 전쟁을 벌이며 수많은 보스니아인을 학살한 사실을 떠올렸다. 그래서 조심스럽게 다음 질문을 던졌다.

나 보스니아와 세르비아는 사이가 어때요?

채식주의자　세상 사람들이 뭐라든 간에 이제 우리는 평화를 원해요. 민족이, 사상이, 종교가, 나라가 다 뭐겠어요? 어차피 우리는 그저 다 같은 인간일 뿐인데. 하지만 정치인과 종교인은 우릴 사육하는 닭처럼 여겨요. 민족, 정치, 종교, 그리고 잇속에 따라 통닭이 되어 팔리느냐, 통조림이 되어 팔리느냐, 그것도 아니면 그냥 버려지느냐 하는 차이가 있을 뿐이죠. 세르비아는 세르비아대로, 보스니아는 보스니아대로 아픔을 겪었다고 생각해요. 하지만 도살자들이 지금도 사람들이 지닌 아픔을 이용하고 있다는 게 문제예요. 도살자들은 그들이 사육하는 닭을 효과적으로 통제하기 위해 두려움과 증오를 품게 하니까요. 내가 보스니아인이라서 세르비아인을 싫어한다면 도살은 계속될 거예요. 도살자들이 원하는 바니까. 이게 바로 누구든 먼저 증오를 멈춰야 하는 이유죠. 우리가 말하는 국가, 종교, 민족을 근거로 선악을 가르는 기준을 없앤다면 우리는 그저 똑같은 인간일 뿐이에요.

누가 소녀에게
총을 쏘았나?

종교가 서로 다른 강대국인 서로마, 동로마, 그리고 오스만 제국 사이에 있던 보스니아는 매번 지배국이 바뀔 때마다 종교도 손바닥 뒤집듯 수시로 바뀌었다. 이런 이유로 보스니아 사람은 신앙심이 깊을 수 없어 종교나 문화와 상관없이 모두 친하게 지낼 수 있었다. 그래서 보스니아는 '종교와 문화의 모자이크'로 불린다는 이야기는 모두 1990년 이전의 이야기다.

20세기에 들어서면서 시작된 유고슬라비아 연방의 해체는 피를 부르는 내전으로 번졌다. 세르비아와 크로아티아는 보스니아를 나눠 가지기로 약속하고서 함께 보스니아를 공격했고, 보스니아−헤르체고비아 남부에 있는 도시인 모스타르까지 진격했다. 미국이 중재에 나서 세르비아가 잠시 공격을 중단한 사이, 크로아티아가 먼저 모스타르 다리의 오른쪽 마을을 점령했다. 모스타르 다리는 16세기에 지어진 오스만 양식의 다리로 네레트바강 양쪽에 있는 두 마을을 이어주는 다리였다. 크로아티아는 자신들이 점령한 오른쪽 마을에 크로아티아 교회를 세우고 무슬림의 종교 활동을 금지시켰다.

왼쪽 마을에 사는 가톨릭 사람들은 또 한 번 지배국이 바뀌어 종교 활동을 하지 못하게 된 오른쪽 마을에 사는 무슬림 이웃을 안타까워하며 기꺼이 자신들이 사는 집을 그들이 사는 집과 바꿔주었다.

세르비아가 시간이 지나도 여전히 미국 눈치를 보느라 왼쪽 마을을 공격하지 못하고 있자 크로아티아는 군대를 앞세워 왼쪽 마을도 점령에 나섰다. 크로아티아군은 사람들이 도망가지 못하도록 모스타르 다리를 파괴하고 저격병을 시켜 사람들을 살해했다.

이후 전쟁은 끝났지만, 전쟁이 남긴 상처는 가혹했다. 오스만 제국 시절 아름답던 모스타르 다리는 처참히 무너졌고, 동네 어디에서든 살해된 무슬림을 기리는 비석을 볼 수 있었다. 언덕, 공원 심지어 길 한가운데에서까지. 그토록 많은 비석에는 출생년도는 다르지만 사망년도는 같은 날짜가 새겨져 있었다.

나는 생전의 모습을 새긴 열 살 소녀의 무덤을 바라보았다. 저격병은 무엇을 위해 조준경에 들어온 소녀에게 방아쇠를 당겼을까? 어린 소녀가 차디찬 금속 파편을 가슴에 박은 채 죽어가는 것보다 더 중요했던 것은 도대체 무엇이었을까?

아내와 나는 착잡한 기분으로 모스타르 다리에 다다랐

다. 그곳에서 만난 마린므라는 남자에게서 우리는 좀 더 자세한 이야기를 들을 수 있었다. 그는 당시 오른쪽 마을에 살던 가톨릭을 믿는 세르비아계 보스니아인이었다고 했다. 전쟁은 끝났지만 그는 아직도 건넛마을로 갈 수 없었다.

"지금은 전쟁이 끝나 왼쪽 마을과 오른쪽 마을이 왕래할 수 있는 걸로 알고 있는데, 아닌가요?" 내가 물었다.

"물론 내가 그 마을에 간다고 해도 날 해치지는 않을 거란 걸 알고 있어요. 하지만 우리는 오래된 오해와 알 수 없는 두려움으로 아직도 건넛마을로 가지 못하고 있지요. 내게는 오래된 무슬림 친구가 있었어요. 내전 이후 우리는 만날 수 없었죠. 마을 경계선에서 우연히 그 친구를 만나게 되었을 때 나는 친구에게 이슬람교로 개종하겠다고 말했어요. 하지만 친구는 자신을 만나겠다는 이유로 개종을 하는 건 옳지 못한 행동이라고 하더군요. 나는 알겠다고 대답했어요. 그리고 다짐했죠. 아예 종교를 갖지 않겠다고요. 내 마음속에서 종교는 이미 사라진 지 오래였으니까요."

말을 마친 마린므가 모스타르 다리를 바라보다가 생각났다는 듯 다시 입을 뗐다.

"그래도 저 다리를 보며 마을이 화합할 날을 기대하고 있어요."

1993년에 파괴되었던 모스타르 다리는 여러 나라로부터 지원을 받아 2004년에 재건되었다. 오랜 시간 강 속에 묻혀 있던 다리의 파괴된 조각을 건져 올려 다리를 다시 이었다. 완공식이 있던 날, 두 마을 주민은 물론 세계 각지에서 온 사람들이 다리 위로 몰려들어 한없이 푸른 강으로 다이빙했다. 나는 그 장면을 마린므가 보여준 비디오에서 볼 수 있었다. 가슴 벅찬 다이빙이었다. 이후 모스타르 다리의 완공 기념일마다 다이빙이 필수 행사가 되었다. 종교에 상관없이 모두가 어우러져 물속으로 뛰어들었다.

　　나도 그 역사적인 장소에 올라섰다. 교회와 모스크가 한눈에 들어왔다. 모스타르 다리는 심하게 다툰 형제를 품에 안은 어머니 같았다. 두 형제가 무슨 말이라도 하려고 하면 그녀는 그저 "쉬……" 하며 그들을 품속으로 끌어안았다. 그 조용한 음성이 붉은 노을처럼 하도 아늑하고 아득해 형제는 무슨 말을 하려 했는지도 잊은 채 어머니 품 안에서 평안한 잠을 청했다.

　　덧붙이며.

　　사실 모스타르에서 일어났던 일에 대해서는 아직까지도 의견이 분분하다. 두 가지 이야기가 전한다. 크로아티아군이 무슬림을 학살했다는 이야기와 보스니아 내 가톨릭 신자들이 크로아티아군을 도와 무슬림을 학살했다는 이야기다. 마린므는 후자의 이야기에 대해 이렇게 말했다.

"세상이 왜 학살에서 살아남은 사람의 이야기를 들어주지 않는지, 왜 당시 그곳에 있지도 않았던 사람들 이야기를 듣고 우리가 우리의 친구들을 학살했다고 믿는지 도저히 이해할 수가 없어요."

프란츠 카프카의
투쟁

체코 프라하역을 빠져나오자마자 미리 마중 나와 있던 미카엘을 얼싸안았다.

"이봐! 정말 오랜만이야!"

미카엘은 한국에서 교환학생으로 한 학기를 보냈던 동갑내기 친구로, 나와 굉장히 죽이 잘 맞아 자주 술을 마시며 어울렸었다. 내가 받은 대학교 성적표를 보면 유독 한 한기 성적이 좋지 않은데, 그때가 바로 미카엘이 한국에 머물던 시기다. 그가 체코로 돌아간 뒤에도 우리는 자주 이메일을 주고받았고, 드디어 4년 만에 다시 만나게 되었다.

"이런! 넌 4년 전 내가 되었고, 나는 4년 전 네가 되었잖아."

미카엘은 4년 전 그야말로 전형적인 히피였다. 항상 너저분한 옷에 머리에 까치집을 짓고 다녔다. 내가 어젯밤 맥주에 치킨을 먹지 않았느냐고 물으면 늘 깜짝 놀라며 이렇게 되물었다.

"그걸 어떻게 알았어? 날 지켜보고 있었던 거야?"

"네 티셔츠에 맥주와 치킨 얼룩이 묻었잖아!"

내 대답에 미카엘은 씨익 웃으며 "그렇군" 하고 답했다. 사실 그는 일주일에 다섯 번 이상 치맥을 먹었다. 그래서 아무 때고 치맥을 먹지 않았느냐고 물으면, 놀라면서 그렇다고 답했다. 게다가 웬만해서는 옷을 빨지 않았다. 그래서 미카엘의 청바지와 주름 진 티셔츠에는 어제 묻은 맥주와 치킨 얼룩도, 한 달 전에 묻은 맥주와 치킨 얼룩도 여전히 남아 있었다.

미카엘은 또한 굉장한 장발이었다. 뒷모습만 보고 금발 미녀라고 생각해 앞질러 걷던 남자들이 얼굴을 확인하고 나서 깜짝 놀라며 실망하는 표정을 보는 건 항상 재미있는 일이었다. 미카엘이 기타를 치던 모습도 기억에 남아 있다. 그가 기타 연주를 준비할 때면 누구든지 기대할 수밖에 없었다. 기타를 잡을 때 어느 때보다 진중한 표정을 짓기도 했지만, 그보다는 자꾸만 내려오는 금발을 귀 뒤로 넘기는 모습이 마치 서양에서 온 기타 거장을 보는 듯해서였다. 그런 이유로 주변에 모여든 사람들은 그가 형편없는 기타 연주를 시작해도 '이 친구, 조율을 하고 있군' 하고 생각하기 일쑤였다.

내가 시험공부나 과제가 밀려 같이 술을 못 마신다고 하면 그는 이렇게 말했다.

"친구, 우리는 자유로운 정신을 가져야 해!"

미카엘은 학교란 거대 자본과 거대 권력이 사람들을 부려먹기 위해 세운 곳이라 시험공부와 과제를 하지 않는 것만으로도 혁명 연습이 될 수 있다고 말했다. 당시에는 그 말이 꽤 그럴싸하게 들렸다. 그렇지 않아도 하고 싶지 않았던 차에 잘됐다 싶어 나는 미카엘과 함께 자유로운 정신을 찾아다녔고, 그 학기를 완전히 망쳐버리고 말았다.

4년 만에 만난 미카엘의 모습은 그때와는 완전 딴판이었다. 짧게 자른 머리엔 금발 대신 흰 머리칼이 가득했고, 옷차림은 누구보다도 말끔했다. 그가 입은 청바지와 티셔츠를 아무리 살펴보아도 방금 전에 먹은 간식조차 추측할 수 없었다. 얼굴에는 기타를 연주할 때 볼 수 있었던 진중하고도 열정적인 표정 대신 피로만이 가득했다. 마치 차가 다니지 않는 8차선 도로 한가운데에 멍하니 서 있는 듯한 얼굴이었다. 나에게 혁명 연습을 요구했던 그는 정작 자신은 체코로 돌아온 후 시험공부도 열심히 하고, 과제도 열심히 제출했는지 번듯한 자동차 회사에서 일하고 있었다.

아, 도대체 그동안 이 친구에게 무슨 일이 있었던 걸까? 나는 슬퍼졌다.

우리는 미카엘의 오래된 차를 타고 그의 집으로 향했다. 나는 차 안에서 프라하의 풍경을 바라보며 말했다.

"굉장히 카프카적인 날씨군."

이보다 2월의 프라하 날씨를 잘 표현할 방법은 없다고

생각했다. 천재였지만 유달리 예민했던 프란츠 카프카. 아버지의 위압에 억눌려 콤플렉스에 시달렸던 카프카. 고독한 유태인이었던 카프카. 카프카는 체코말로 까마귀란 뜻이다. 까마귀가 사람들의 인상을 찌푸리게 하듯 프라하의 무거운 안개가 모든 풍경을 순간순간 일그러뜨렸다. 회색 아파트, 회색 강물, 회색 옷을 입은 사람들, 회색 풀빛. 이 안개가 걷히면 저 모든 것이 제 색을 찾을 수 있을까? 약간은 낭만적인 표정으로 이런 생각을 하고 있을 때 미카엘이 말했다.

"저건 엄청난 스모그라고. 그냥 안개가 아니야. 이런 날에 외부 공기를 오래 마시면 호흡곤란이 오고 말 거야."

나는 속으로 쾌재를 불렀다. 실제로 카프카는 폐병을 앓았다. 그러니 카프카적인 날씨라는 표현이 얼마나 정확한가.

나는 카프카를 사랑했다. 그의 작품 『변신』을 처음 읽었을 때 나는 중학생이었다. 그때 나는 흉측하게 변해버린 카프카에게 달려가 그를 안아주고 싶었다. 그리고 이렇게 말해주고 싶었다. '너는 혼자가 아니야.' 아니, 나는 나 자신을 안아주고 싶었는지도 모른다.

카프카처럼 나 역시 권위적인 부모님 밑에서 자랐다. 부모님은 내가 정말 잘못해서라기보다 그들에게 순종하지 않았다는 이유로 벌을 주었다. 항상 내가 잘못된 길을 가고 있으니 바른 삶으로 이끌어야 한다며 벌을 내렸다. 무엇이 옳고 그른지, 어떻게 살아가야 하는지를 선택하는 건 내 몫이 아니라 그들 몫이었다. 나는 자유롭지 못한 내 상황에 늘 어깨가 처졌고, 글을 쓰고 싶다는, 미술을 공부하고 싶다는 꿈을 모두 포기해야만 했다.

내가 처음 소설을 쓴 건 초등학교 3학년 때였다. 같은 반 아이들이 너도나도 돌려 볼 정도로 내 소설은 인기가 좋았다. 하지만 어머니는 쓸데없는 글을 쓰느라 공부할 시간을 빼앗긴다며 내게 소설 쓰는 것을 금지시켰다. 결국 나는 세 번째 소설을 쓰다가 엄청 두들겨 맞고는 펜을 놓았다.

내가 글쓰기 다음으로 관심을 보인 건 미술이었다. 중학교와 고등학교 미술 선생님은 내게 재능이 있다고 생각했는지 집으로 전화까지 걸어 전문적인 미술 공부를 시키라고 권했다. 하지만 부모님은 완강하게 반대했다. 도대체 미술이란 걸 공부해서 어떻게 먹고살 거냐는 게 이유였다.

부모님이 기뻐할 때는 내가 전보다 나아진 성적표를 받아올 때뿐이었다. 그들은 내가 순종할 때 보상을 주었고, 그러지 않을 때는 가차 없이 벌을 내렸다. 부모님에게는 가혹하게 들릴지 모르겠지만 그들과 함께했던 내 삶은 감옥 속

독방에 갇혀 있는 것과도 같았다. 숨조차 제대로 쉴 수 없었다. 고통스러울 때마다 나는 프란츠 카프카의 책을 찾았다.

이런 이유로 카프카가 고독하게 살았던 이곳 프라하는 나에게 더없이 특별했다. 그가 걸었던 거리, 그의 숨결이 닿았던 공기(비록 지금은 스모그로 가득하지만)를 느낄 수 있다는 것만으로도 나는 프라하에 엄청난 기대를 품고 있었다. 나는 차창을 열었다. 그리고 카프카가 들이마셨을 프라하의 공기를 잔뜩 들이켰다.

"어, 어! 이봐! 지금 뭐 하는 거야? 스모그라니까. 얼른 문 닫아!" 미카엘이 다급하게 외쳤다. 나는 천천히 차창을 올리며 나직이 말했다.

"카프카가 마셨던 공기를 마셔서 폐병에 걸린다면 난 그 폐병마저 사랑하며 죽을 거야. 나는 기침을 하며 나의 오랜 친구인 카프카를 기억하겠지."

나의 속사정을 알 리 없는 아내와 미카엘이 나를 이상한 눈으로 쳐다보았다.

하루는 집에서 진탕 술을 마시다 담배를 피우려고 미카엘과 집을 나섰다.

"너한테서 더 이상 히피 같은 모습은 찾아볼 수가 없

어. 4년 전에는 네가 이렇게 될 거라고는 상상도 못 했는데."

내가 말했다.

"맞아. 면목이 없어. 하지만 넌 여전히 대단해. 정말이야."

미카엘이 답했다.

"다 네 덕이야. 수업에 빠지고 시험을 치지 않는 것으로 혁명 연습을 제대로 했으니까."

"이봐. 그 말을 진짜로 믿었던 거야? 이런, 미안하지만 난 그저 함께 술을 마실 친구가 필요했을 뿐이라고."

미카엘이 큭큭대며 말했다.

"도대체 그동안 무슨 일이 있었던 거야? 이 히피 친구야!"

내 질문에 미카엘은 길게 담배를 빨아들인 후 한숨을 쉬듯 두어 번 나누어 연기를 뱉었다.

"어쩔 수 없었어. 사회는 감옥의 교도관 같았으니까. 반항하는 자에게는 어떠한 식으로든 벌을 주지만 순종하는 자에게는 좋은 직장과 집을 주지. 다른 사람을 다스릴 수 있는 권력을 주기도 하고. 나는 어찌 보면 교도관에게 완벽하게 굴복한 거야. 투쟁에서 진 거지. 나는 노예가 되어버렸어. 그들의 당근을 받아먹는 노새가 되었지. 제기랄!"

말을 마친 그가 돌멩이를 걷어찼다.

"맞아! 감히 빠져나올 수 없는 곳이야."

그의 말에 맞장구치며 나도 돌멩이를 걷어찼다.

"사회는 말이야, 너무나 잘못되어가고 있어. 올바른 것이라고는 기대할 수가 없지. 우리는 거기에 무조건 복종해야 살아남을 수 있고. 게다가 아무짝에도 필요 없는 법이 쏟아져 나오고 있어. 법은 곧 개인을 묶어두는 수갑인데 아무도 거기에 이의를 제기하지도 않아. 만약 정부가 너를 싫어한다면 얼마든지 널 감옥에 처넣을 수 있어. 이봐, 내가 무슨 얘기를 하고 있는 건지 알겠어? 네가 커피 마시는 걸 트집 잡아 감옥에 보낼 수도 있다고. 거대한 법전을 뒤적이다 '2013조 1984항에 따르면 아메리카노 한 잔을 마신 지 4분 30초 뒤에 도넛을 먹고, 또 정확히 3분 52초 뒤에 에스프레소를 마시는 행위는 징역 10년에 해당한다'라는 문구를 외우며 널 감옥에 보낼 수도 있단 말이야!"

"그런 걸로 감옥에 가지는 않아."

내 말이 미카엘을 더욱 흥분시켰다.

"예를 든 거잖아, 젠장! 넌 내 말의 요점을 파악하지 못하고 있어. 네가 커피를 마셔서 감옥에 가게 되는 게 문제가 아니라 감옥 자체가 잘못된 거라고, 내 말은!"

"그래도 감옥은 필요하지 않을까?"

여행은
결국,

누군가의
하루

"감옥? 그따위 건 없어져야 해. 감옥은 그저 벌을 주기 위한 수단이야. 사회로부터 격리시키기 위한 거라고. 감옥이 범죄자들을 변화시킬 수 있을 것 같아? 그들이 감옥에 앉아서 '아. 내가 정말 잘못을 했구나' 하고 생각할 것 같아? 아니, 절대 아닐걸. 그들은 한결같이 '이번엔 내가 어설펐구나'라고 할 거야. 그리고 자신이 어디에서 실수를 저질렀는지 알아보려고 다른 죄수들과 이야기를 나누겠지. 죄수들마다 각각의 전문 분야가 있을 테니까. 그리고 그 죄수는 감옥을 나와서 조금 더 발전된 범죄를 저지르는 거야. 감옥은 그들에게 벌을 주는 게 아니라 그들을 프로로 만드는 역할을 하고 있다고."

미카엘은 숨이 찬지 말을 멈췄다. 흥분을 가라앉힌 미카엘이 다시 입을 열었다. 이번엔 나에 대한 이야기였다.

"그나저나 어떻게 이리도 위대한 여행을 시작하게 된 거야?"

"사회와 부모에 대한 투쟁이지."

내 말에 미카엘이 진지한 표정으로 나를 바라보았다.

"축하해줘. 내 인생에서 이번 여행이 부모님에게 하는 첫 투쟁이니까. 나는 지금껏 누군가의 소유물이었어. 부모가, 학교가, 회사가 나의 주인이었지. 하지만 지금 나는 자유인이야. 무엇보다 나는 내 존재를 제대로 느끼고 있어. 완전히 다시 태어난 기분이야."

"와우, 정말 멋진 말이야. 난 네가 정말 자랑스러워."

미카엘이 내 어깨에 손을 얹으며 말했다.

"고마워, 미카엘. 나는 운이 좋은가 봐. 이렇게 나를 이해해줄 친구가 있으니 말이야. 프란츠 카프카도 여기에 있으면 좋을 텐데. 그 친구도 나를 상당히 축복해줄 것 같아."

"나는 지금껏
누군가의 소유물이었어.
부모가, 학교가, 회사가
나의 주인이었지.
하지만 지금 나는 자유인이야.
무엇보다 나는 내 존재를
제대로 느끼고 있어.
완전히 다시 태어난 기분이야."

반듯하지만
슬픈 경례

우크라이나 사람들은 매우 친절했다. 길을 가다가 잠시 우왕좌왕하고 있으면 차를 몰고 가던 사람들까지 차를 멈추고 길을 가르쳐줄 정도였다. 그런 친절한 사람들 속에서 이런 일을 겪게 되리라고는 생각지도 못했다. 아내와 나는 간단한 먹을거리를 사러 가던 중이었다.

"이봐! 이봐!"

마켓 앞에 서 있던 20대 초반으로 보이는 건장한 남자 셋이 우리를 불러 세웠다. 그들이 손을 들어올리며 "하……"라고 하기에 나도 손을 들어 "하이!"라고 대답하려고 했다. 하지만 그들은 인사를 하려던 게 아니었다.

"하일 히틀러!"

경례 자세만 두고 보면 훌륭했다. 자세가 얼마나 반듯한지 내가 그들의 상사였다면 칭찬해주고 싶을 정도였다. 하지만 그들은 내게 존경의 의미로 경례한 게 아니었다. 경례를 마친 녀석들이 공격 태세를 취했다. 나도 그들이 보인 반듯한 경례 자세에 팔려 있던 정신을 차리고 이소룡이 나온 무술 영화를 떠올리며 요상한 자세를 취했다.

인종차별은 각 개인이 지닌 개성과 다양성을 무시하고서 모든 개인을 단 하나의 정해진 틀에 끼워 맞춰 이러이러

할 것이라 여기는 고정관념에서 생긴다. 단지 내가 동양인이라는 이유만으로 내가 어떠어떠할 것이라 여기고서 공격까지 할 정도로 편협한 사람들이라면 마찬가지로 모든 동양인은 이소룡처럼 무술을 잘할 거라는 고정관념 역시 가지고 있을지 몰랐다. 내 생각은 적중했다. 금방이라도 나를 덮칠 것 같던 그들은 내가 이소룡 흉내를 내자 겁을 먹고 내게서 떨어졌다. 하지만 여전히 어느 정도 거리를 두고서 욕설을 해대고 있었기에 안심할 수 없었다. 더구나 나는 아내와 함께 있었다.

　　우크라이나 사람들이 도와주길 바랐다. 하지만 다들 이번 일에 휘말리고 싶지 않다는 듯 눈길을 피하며 빠르게 우리를 지나쳐갈 뿐이었다. 나는 기대를 접고 도망갈 곳을 찾아보았다. 그때 경비가 있는 대형 쇼핑몰이 눈에 들어왔다. 나는 아내를 데리고 재빨리 그 안으로 피신했다. 다행히 녀석들은 쫓아오지 않았다.

　　나는 녀석들이 사라지기를 기다렸다가 쇼핑몰을 빠져나오면서 아내에게 말했다.

　　"우리 좀 떨어져서 걸어야겠어."

　　나 때문에 아내까지 위험해지는 걸 원치 않았고, 혹시 또 싸우거나 도망쳐야 할 상황에 놓였을 때 혼자 움직이는 게 용이하겠다는 판단이 들어서였다.

　나는 호스텔로 돌아와 다른 여행자들에게 오늘 있었던 이야기를 들려주었다. 그러자 한 영국인이 사업차 흑인 동료와 함께 우크라이나에 왔다가 겪었던 일을 이야기해주었다.

　"우리가 일을 마치고 농구 경기를 보러 갔는데, 카메라맨이 동료 얼굴을 카메라에 담았어요. 곧 전광판에 동료의 얼굴이 나타났고, 농구장에는 원숭이 울음소리가 울려 퍼졌죠. 이게 말이나 되는 소린가요? 동료는 당장 짐을 싸서 영국으로 돌아가버렸어요. 사실 우크라이나에서는 인종차별과 네오나치즘이 심각한 문제예요."

　그 말을 들은 아내 얼굴이 일그러졌다. 우리는 우크라이나를 떠나기로 결정하고 호스텔 직원에게 예정보다 일찍 떠나겠다고 말했다.

　"급한 일이 생겼나 봐요?"

　직원이 물었다. 나는 길거리에서 나치식 경례를 받았고, 하마터면 크게 다칠 뻔했다는 이야기를 전했다. 그러자 그가 이유를 알겠다는 듯 고개를 끄덕이며 말했다.

　"당신 아내 때문이에요. 와이프가 우크라이나 여자인 줄 알고 당신에게 화가 난 거죠. 당신 혼자 돌아다녔다면 그런 일은 결코 일어나지 않았을 거예요."

"그 말은 오늘 겪은 일이 네오나치의 잘못이 아니라 우
크라이나 여자로 오해받은 아내와 거리를 걸은 내 탓이라는
건가요?"

"그런 뜻은 아니에요. 당신이 오늘 만난 그놈들은 고작
100명 중에 한두 명 정도에 불과한 녀석들이죠. 그런데 왜
다들 우크라이나 사람 모두가 인종차별주의자라고 생각하
는지 모르겠어요."

"고작 100명 중 한두 명 정도라고요? 그 말대로라면 우
리는 매일 우크라이나 거리에서 인종차별주의자를 마주치
게 된다는 말이잖아요!"

"내 말은 어디든 인종차별주의자가 있다는 뜻이에요.
프랑스에도 있고 영국에도 있다고요. 나는 지금껏 이곳에
살며 단 한 번도 인종차별주의자를 만난 적이 없어요. 그만
큼 여긴 안전해요!"

"당신은 우크라이나인이잖아요. 당연히 당신이 사는 나
라에서 인종차별을 받을 일이 없죠."

그는 더 이상 나와 이야기하고 싶은 마음이 없어 보였
다. 방으로 돌아온 나는 아내에게 한시라도 빨리 이곳을 떠
나자고 말했다.

나는 짐을 싸며 문득 대학생 때 '한국의 인종차별'을 주제로 한 인도네시아 학생의 발표를 들었던 기억이 떠올랐다. 매미가 맴맴 울어대는 나른한 여름 강의실 안에서 인도네시아 학생은 흥분한 목소리로 한국에서 겪었던 인종차별 사례를 발표했다. 그때 한 한국 학생이 말했다.

　"당신이 한 발표는 마치 모든 한국인이 인종차별주의자라는 것처럼 들려요. 몇 번 운 없이 그런 사람을 만났다고 해서 그게 큰 문제라도 되는 것처럼 말하는 건 비논리적이죠. 어느 나라든 인종차별주의자는 있잖아요. 그나마 한국은 인종차별이 적은 편이라고요. 당신 발표는 한국인인 내가 듣기에 너무 불편해요."

　나는 당시 한국 학생이 하는 말에도 어느 정도 일리가 있다고 생각했었지만 이제는 인도네시아 친구가 왜 그런 발표를 했는지 이해가 되었다. 안타깝게도 사람은 자신이 그 상황에 처해야만 다른 사람을 이해할 수 있다. 세상이 느리게 진보하는 이유다.

사라져가는
소중한 것들

　　　　　나와 아내는 루마니아의 수도 부쿠레슈티에 있는 한 호스텔 거실에서 호스텔 주인인 니콜라스, 호스텔 옆집에 사는 마쿠와 함께 술을 마시고 있었다. 안주로 가득한 테이블 위에는 위스키, 보드카, 와인 등 술병이 즐비했다. 니콜라스가 마지막으로 남은 와인을 각자의 잔에 따를 때는 누구랄 것도 없이 모두 슬퍼했다. 그때 문득 체코에서 샀던 허브 술이 생각났고, 나는 냉큼 방으로 들어가 술병을 가지고 나왔다.

　　"배낭여행자에게 술만큼 중요한 게 어디 있겠어? 그치만 술은 무엇보다도 친구들과 나눠 마실 때 가장 맛있는 법이지!"

　　나는 대인배처럼 웃으며 말했다. 무언가를 베풀 때면 대단한 것이라도 내어놓는 것처럼 포장하는 게 나의 못된 특기였다. 그때 마쿠가 벌떡 일어섰다.

　　"나도 가만있을 순 없지!"

　　술에 취해 혀가 잔뜩 꼬인 마쿠가 비틀대며 움직였다. 니콜라스가 얼른 마쿠 손을 잡고 그만 앉으라고 했지만 소용없었다.

　　"루마니아를 걸고 이야기하는데, 루마니아 사람들은 친구가 가장 소중한 것을 가져왔을 때 그냥 지나치는 염치없는 사람들이 아니야. 나도 당장 집으로 가서 나의 가장 소중한 게 뭔지 찾아보고 그걸 가져오도록 할게."

다소 근엄한 표정으로 말을 마친 마쿠는 곧장 집으로 달려갔다. 마쿠는 한동안 돌아오지 않았다.

"분명 취해서 곯아떨어진 게 분명해!"

니콜라스가 비아냥댔다. 그러고도 한참이 지난 후, 이만 늦었으니 자러 가자는 이야기가 나올 때쯤 드디어 마쿠가 돌아왔다.

그는 심각한 얼굴을 하고 있었다. 얼굴에서는 술기운이 싹 가셨다. 그리고 손에는 붉은 소스가 담긴 유리병 하나가 들려 있었다.

"나에게 가장 소중한 거야. 솔직히 말할게. 이 토마토소스가 내게 가장 소중한 것이라는 사실을 깨달았을 때 나는 망설일 수밖에 없었어. 나는 내 자신에게 물었지. 내게서 두 번째로 소중한 것을 가져가야 할까? 아니, 그럴 순 없었어. 친구들 앞에서 루마니아를 걸고 약속했으니까. 자, 받아. 나의 조국에 와준 소중한 친구들에게 주는 선물이야."

그동안 깐죽대던 니콜라스도 꽤 심각한 얼굴로 마쿠의 말을 거들었다.

"이 친구는 단 한 번도 이 토마토소스를 누구에게 나눠

준 적이 없어. 정말로 가장 소중한 것을 가져온 거야."

　슬로모션처럼 천천히 유리병을 연 마쿠는 우리에게 토마토소스를 맛보라고 권했다. 여전히 표정이 심각했다. 나와 아내는 도대체 이까짓 토마토소스가 얼마나 귀한 거라고, 라는 눈빛을 주고받으며 히죽 웃었고, 아무런 기대 없이 손가락으로 토마토소스를 찍어 입으로 가져갔다.

　아……!

　우리는 순식간에 웃음을 잃었다. 마쿠와 니콜라스처럼 숙연한 표정을 지을 수밖에 없는 맛이었다. 지금껏 맛있다는 토마토소스를 많이 먹어보았지만 이처럼 감동을 주는 소스는 맛보지 못했다. 울컥 울음이 나올 정도였다. 다른 토마토소스와 비교할 수 없을 만큼 깊고 묵직한 맛을 지닌 마쿠의 토마토소스는 마치 한 나라를 대표하는 오래되고 값진 유물 같았다. 마쿠가 큰 눈을 부릅뜨며 말했다.

　"이 토마토소스는 루마니아 북쪽의 작은 시골 마을에 살고 계신 나의 할머니 작품이야. 나를 비롯한 우리 삼형제는 늘 할머니가 만든 토마토소스를 먹으며 자랐어. 다 자란 우리는 도시로 떠나왔고, 도시의 토마토소스를 맛보고서야 할머니가 만든 토마토소스의 소중함을 알게 됐지. 그래서 우리는 할머니의 토마토소스를 소포로 받아 먹었어. 그런데 언제부터인지 토마토소스가 오지 않는 거야. 그래서 시골로 전화를 했고, 그제야 할머니가 몸져누워 계신다는 걸 알게 됐어. 다행히 지금은 나아지셔서 다시 토마토소스를 보내주시지만."

"그때 비로소 할머니의 소중함을 알았겠구나!"

아내가 감동받은 얼굴로 말했다. 아내는 따뜻한 가족 이야기를 좋아했다. 누군가가 '그래서 가족의 소중함을 알게 되었죠'라고 하면 그가 100살 먹은 노인이라도 참 기특하다고 말할 정도였다. 하지만 안타깝게도 아내의 감동은 길게 가지 못했다.

"아니, 할머니는 이미 충분히 오래 사셨어. 내일 돌아가신다고 해도 전혀 이상할 나이가 아니야. 우리는 할머니가 혹시라도 돌아가시면 토마토소스를 더 이상 먹지 못할까 봐 겁이 났어. 할머니 토마토소스의 소중함을 다시 한번 느낀 거지. 우리 삼형제는 한시라도 빨리 할머니의 비법을 전수받아야겠다고 생각했어. 그러면 더 이상 할머니가 언제 돌아가실지 두려워하지 않아도 되니까."

실망한 표정이 역력한 아내를 다독거리며 내가 물었다.

"그래서 비법은 알아냈어? 나도 한국에 가면 이 토마토소스를 만들어 먹고 싶어. 내게도 그 비법을 알려줄 수 있을까?"

"슬프게도 우리는 할머니의 비법을 알아내지 못했어."

"아니, 왜?"

"그게 그렇게 간단한 게 아니더라고. 할머니가 토마토 소스를 만드는 장면을 전부 담으려고 캠코더까지 가져갔는 데, 재료로 쓰일 토마토와 가지 등을 훈연하는 데에만 열 시 간 이상이 걸리는 거야. 그사이에 캠코더 배터리는 나갔고, 우리는 잠이 들어버렸지. 눈을 떴을 때는 이미 토마토소스 가 완성되어 있었어."

"훈연이 끝나면 할머니한테 깨워달라고 해서 중요한 부분이라도 다시 찍지 그랬어?"

"물론 우리도 그렇게 말했지. 그런데 그것도 그리 간단 하지가 않더라고. 할머니는 눈 한쪽이 보이지 않아. 다른 쪽 눈도 잘 보이지 않지. 그런 할머니에겐 무언가를 기대할 수 없다고. 그리고 설령 레시피를 알아냈다고 해도 지금 같은 시대에 누가 그렇게 시간과 정성을 쏟아 토마토소스를 만들 수 있겠어?"

"그것 참 안타깝네."

"할머니가 돌아가시면 이 소중한 토마토소스는 영영 사라져버릴 거야. 젠장. 할머니. 오래오래 살아야 해."

마쿠의 목소리는 실로 슬펐다. 나는 다시 유리병 속 토마토소스를 바라보았다. 이 소스에서 왜 이토록 깊고 오래된 유물 맛이 나는지 알 수 있었다. 마쿠의 할머니가 돌아가시면 지구의 훌륭한 유산 하나가 사라지는 것이다. 게다가 마쿠에게는 세상에서 가장 소중한 것이 사라진다. 모든 건 언젠가 사라진다는 걸 알지만 사라지는 걸 떠올릴 때마다 슬퍼지는 건 어쩔 수 없었다.

모든 건 언젠가
사라진다는 걸 알지만
사라지는 걸 떠올릴 때마다
슬퍼지는 건 어쩔 수 없었다.

채식주의자와의
대화 2

나와 아내는 튀르키예 이스탄불에서 헤어졌다. 아내가 석사과정 논문을 완성하기 위해 한국으로 잠시 돌아가기로 한 것이다. 나는 혼자 셀주크에 도착했고, 그곳 숙소에서 스리랑카계 영국인을 만났다. 그는 내 인사에 하얀 치아가 다 드러날 정도로 웃어주었다. 내가 지금껏 만나온 어떤 사람보다도 순수해 보였다. 이 친구는 IT 아웃소싱을 하길 원하는 영국 업체와 아웃소싱을 받길 원하는 인도 업체를 연결해주는 일을 하고 있었는데, 노트북 한 대만 있으면 굳이 사무실에 머물 필요가 없어서 보통은 이렇게 여행을 하며 일을 한다고 했다.

IT라면 '빠름'이라는 말이 생각나지만 그는 오히려 모든 일을 빠르게 처리하지 않았다. 그렇다고 마냥 느린 것도 아니었다. 뭐라 설명하긴 어렵지만 그는 '속도'를 솜씨 좋게 조련할 줄 아는 것 같았다. '속도'가 흥분해 앞발을 들고 재빠르게 달리려고 하면 그가 '속도'의 목덜미를 솜씨 좋게 어루만지며 제 페이스를 유지할 수 있도록 도와준달까. 넘치지 않게, 하지만 부족함 없이. 빠른 것은 아니지만 결코 느리지도 않게. 이런 모호한 표현만이 그를 정확히 표현할 수 있었다. 그가 하는 여행 방식 또한 그다웠다.

"나는 한곳에 적어도 6개월씩은 머물러요. 새로운 것들이 익숙해질 때까지 머물러야 그곳의 본질을 볼 수 있거든요. 셀주크에서도 6개월은 머물 거예요. 그나저나 당신은 튀르키예 여행 중이에요?"

"네. 튀르키예뿐 아니라 세계를 돌고 있어요."

그는 내 말을 듣고 생각을 좀 정리하더니 말을 이었다.

"그렇게 쉴 새 없이 돌아다니면 체할지도 몰라요. 너무 많은 걸 빠르게 받아들이면 당신의 경험들이 당신 자신을 혼란스럽게 할 수도 있거든요."

나는 그가 하는 말에 동의했다. 매 순간 다가오는 새로운 것들은 나를 빠르게 변화시키고 있었다. 그동안 옳다고 생각했던 것이 틀린 것 같기도 했고, 틀리다고 생각했던 것이 옳은 것 같기도 했다. 혹은 옳거나 틀린 게 아니라 단순히 다른 것 같기도 했다.

"여행이 끝나면 당신이 먹은 경험들을 소화할 시간을 가져봐요." 그가 하얀 치아를 드러내며 밝게 웃었다. 그는 그런 친구였다. 나와는 다른 길을 걸어온. 다른 방식으로 사물을 바라보는. 그리고 무엇보다도 나와 다른 채식주의자였다.

나 어떻게 채식주의자가 된 거예요?

채식주의자　힌두교인이기 때문이죠.

나　고기 굽는 냄새를 맡고 먹어보고 싶다는 생각은 안 해봤어요? 냄새가 끝내주잖아요.

채식주의자　고기 맛이 궁금하긴 했죠. 그래서 먹어본 적도 있고요.

나　어땠어요?

채식주의자　글쎄…… 별로였어요.

나　그럴 리가! 당신이 먹은 건 진짜 고기가 아니었을 거예요. 아마 콩으로 만든 가짜 고기였을 거예요.

채식주의자　설마? 나는 버거킹에서 일했어요. 종일 패티를 굽다 보니 의문이 생기더라고요. 도대체 고기는 무슨 맛일까. 냄새는 확실히 좋았죠. 그래서 먹어본 거예요. (그때를 회상하듯 하늘을 쳐다보다) 다시 말하지만 맛은 별로였어요.

나 버거킹이 맛없다는 건 아니지만, 처음 고기를 접하는 건데 더 좋은 고기를 먹었어야죠.

채식주의자 솔직히 맛이야 좋은 것도 아니었고, 나쁜 것도 아니었어요. 글쎄…… 먹어야 한다면 앞으로 계속 먹을 수도 있는 맛이었죠. 문제는 내가 고기를 먹고 난 뒤에 그 에너지를 주체하지 못했다는 거예요.

나 에너지를 주체하지 못했다니, 그게 무슨 말이에요?

채식주의자 고기를 먹고 나서는 감정을 조절할 수가 없었어요. 감정이 극으로 치달았거든요. 엄청 화를 냈고, 엄청 울어댔고, 엄청 웃어댔죠. 무엇보다 그런 식으로 변해가는 나를 바라보며 엄청 놀랐고요. 지금껏 살아오면서 그런 감정은 처음이었어요. 그리고 그런 감정이 모두 사그라들었을 땐 공허해졌죠. 채식만 하던 내가 도저히 감당할 수 없는 대단한 에너지였으니까.

나 에너지라니…… 잘 이해가 안 돼요.

채식주의자　모든 생명체에는 에너지가 존재해요. 동물과 식물뿐만 아니라 돌에게조차도 에너지가 있죠. 하지만 저마다 가지고 있는 에너지 양은 달라요. 식물은 에너지가 낮고 동물은 에너지가 높죠. 그러니 모든 것을 먹는 인간은 가장 에너지가 높겠죠.

나　에너지도 먹이사슬과 비슷하다는 말이군요.

채식주의자　맞아요. 문제는 인간이 높은 에너지를 다른 동물과 다르게 쓸 줄 알게 되었다는 거죠. 다른 차원의 에너지를 갖게 된 거예요. 언어가 생겼고, 감정은 점점 더 강렬해졌어요. 문화와 과학도 함께 발전했고요. 그런데도 우리가 사는 시대는 더욱 높은 차원의 에너지를 요구해요. 하지만 모든 사람이 그렇게 높은 에너지를 감당할 수 있는 건 아니에요. 높은 에너지를 자주 쓰다간 사람이 미쳐버릴 수도 있어요. 사회가 발전할수록 정신병이 늘어나는 건 우연이 아니죠.

우리는 더 높은 차원의 에너지만 바랄 게 아니라 어떻게 에너지를 잘 쓸 수 있을지도 생각해야 해요. 인간은 지금껏 높은 차원의 에너지를 더욱 쉽게 쓸 수 있도록 계속 발전해왔고 이제는 한 사람의 힘만으로도 세상에 큰 영향을 끼칠 수 있게 되었어요. 물론 사람들에게 좋은 영향을 끼칠 수도 있지만 엄청나게 많은 것을 파괴할 수도 있게 되었죠. 고차원의 에너지를 올바르게 쓸 수 있도록 훈련하는 동시에 채식을 하며 에너지를 낮춘다면 현재 세계가 겪고 있는 많은 문제를 해결할 수 있을 거예요.

"높은 에너지를 자주 쓰다간
사람이 미쳐버릴 수도 있어요.
사회가 발전할수록
정신병이 늘어나는 건
우연이 아니죠."

스고이의

보물을 찾아서

"곤니치와!"

"곤니치와!"

호텔 직원과 일본어로 인사를 주고받았다. 나는 이곳에서 일본인으로 머물고 있다. 튀르키예 도우베야짓의 거처로 선택한 이 호텔에 도착했을 때, 나보다 한참 어려 보이는 직원이 다짜고짜 내게 할인을 해주겠다고 했다.

"내가 일본인을 정말 좋아하거든요!"

이곳에 머물렀던 일본인이 그에게 좋은 인상을 남겼던 모양이다. 그 일본인도 나처럼 장발에 덥수룩한 수염을 기른 머리 큰 사나이였던 것 같다. 실제로 직원이 말한 가격은 내가 미리 알아본 가격보다 훨씬 저렴했다. 그냥 하는 말이 아니었다. 나중에 알고 보니 여기 머무르는 여행자들은 내 두 배가 넘는 숙박료를 내고 있었다. 나는 굳이 내가 한국인이라고 밝혀서 그의 흥을 깨고 싶지 않았고, 할인된 가격을 포기하고 비싼 숙박료를 내고 싶지도 않았다. 그가 이름을 물었을 때 나는 가장 먼저 떠오른 일본어를 말했다.

"난 스고이예요."

"무슨 뜻이에요?"

"굉장하다는 뜻이죠."

"이름이 '굉장하다'라고? 와, 정말 좋은 이름이네! 그래서 그동안 굉장한 일이 많이 일어났어요?"

"그럼. 항상 굉장한 일이 일어났죠. 이곳에서 당신을 만난 것도 굉장한 일 아니겠어요? 그쪽 이름은 뭐예요?"

"미야모토."

"에? 미야모토 상?"

"하~이. 미야모토데쓰."

어딜 봐도 쿠르드인인 소년 이름이 미야모토라니. 뭐, 자신을 스고이라 소개한 사람이 가질 의문은 아니었다. 미야모토는 내 이름이 '스고이'라는 데 무척 흥미를 느꼈다. 이때까지만 해도 내가 무작정 내뱉은 '스고이'라는 이름이 앞으로 어떤 사건을 일으킬지 짐작조차 하지 못했다.

도우베야짓은 튀르키예와 이란 국경에 있는 작은 마을이다. 워낙에 작은 마을이라 호텔 밖 의자에 앉아 튀르키예에서 제일 높다는 아라라트산을 쳐다보는 것 외에는 그다지 할 게 없는 곳이었다.

하루는 심심해서 여행사를 통해 노아의 방주가 닻을 내렸다는 곳에 다녀왔는데, 사기를 당했다는 느낌을 영 지울 수가 없었다. 내가 도착한 곳은 그저 평범한 산이었다. 하지만 관광객 몇몇은 여행사 직원의 맛깔나는 설명에 그 자리에서 눈물을 훔쳤다. 입담이 얼마나 좋은지 그 가이드가 전생에 노아의 방주에 타고 있던 기린이 아니었을까 여겨질 정도였다.

"여길 보세요. 이 계곡이 V자이지 않습니까? 노아의 방주가 이곳에 정박했었다는 강력한 증거입니다. 그리고 저곳에 흙이 파인 흔적이 보이시죠? 바로 방주가 도착할 때 긁힌 부분이랍니다."

"노아의 방주가 언제 적 이야기인데 어떻게 아직도 흙이 파인 흔적이 선명하게 남아 있을 수 있을까?"

나는 가만있어도 될 일에 기어코 나서며 말았다.

그러자 그때까지 눈물을 흘리며 기도하던 사람들이 "믿음이 부족하네!", "종교에 대한 예의가 없네!"라며 한마디씩 꾸중했다. 나는 꽤나 혼쭐이 나서 더는 아무런 말도 하지 못했다.

방금 전까지 이곳에 도착했던 노아의 방주에 대해 온갖 미사여구를 늘어놓던 쿠르드인 여행사 직원이 풀 죽어 있는 내게 다가와 귓속말을 했다.

"저런 뻔한 거짓말을 그대로 믿는 사람들이 있다는 게 신기하지 않아요?"

직원이 히죽히죽 웃으며 내 말을 기다렸다.

"저 사람들에게는 자기가 믿는 종교에 관련된 중요한

일인 텐데 사실이 아니란 걸 알면서 어떻게 그런 말도 안 되는 거짓말을 할 수가 있어요?"

"이봐요. 저 사람들에게는 진짜 가짜가 중요한 게 아니에요. 그저 의지하고 믿을 게 필요할 뿐이라고요. 나는 그걸 제공해주고 돈을 받을 뿐이고. 그게 사업 아니겠어요?"

"허. 거참."

나는 그가 하는 말이 마음에 들지 않았다. 그래서 도우베야짓에 있는 또 다른 관광지인 '세계에서 두 번째로 큰 운석 구덩이'를 신이 똥을 싼 자국이라고 말하면 더욱 많은 관광객이 올 거라며 빈정댔더니 그가 정말 좋은 생각이라고 했다. 비꼬려던 의도와 달리, 그에게 정말 좋은 사업 아이디어를 주고 말았다.

낙담한 나는 그날 이후 어디에도 나가지 않고 그저 호텔 밖 의자에 앉아 아라라트산을 바라보며 여유로운 시간을 보내고 있었다.

"스고이! 스고이! 내가 오늘 소개해줄 사람을 데려왔어요."

미야모토가 싱글벙글 웃으며 한 중년 남자를 데려왔다.

"자네가 스고이, 이름이 '굉장하다'란 뜻을 가진 자인가?"

그가 꽤나 심각한 표정으로 내게 물었다.

"네, 그렇습니다만."

"미스터 스고이, 나를 좀 도와줄 수 있겠나?"

나는 당황스러웠다. 여행자가 현지인을 도울 수 있는 일이 뭐가 있을까? 나는 우선 무슨 일인지부터 물었다.

"이곳 도우베야짓에는 엄청난 보물이 숨겨져 있다네. 옛 왕조의 왕이 어딘가에 보물을 숨겨놓았거든. 나는 몇 년 전에 그때 것으로 추정되는 조각상을 집 근처에서 찾았는데 아직까지 보물은 찾아내지 못했다네."

말을 마친 그는 핸드폰에 저장해둔 조각상 사진을 보여주었다. 사실 처음 보고 듣는 이야기는 아니었다. 이곳으로 오다가 휴게소에서 만난 한 쿠르드인도 내게 비슷한 사진을 보여주며 함께 보물을 찾아보지 않겠냐고 물었었다. 그때는 괜히 모르는 사람을 무턱대고 따라갔다가 위험해질 수도 있을 것 같아 정중히 사양했다.

지금의 쿠르드족은 나라 없이 떠돌아다니는 민족이지만 그들에게도 한때는 커다란 왕국이 있었다. 내려오는 전설에 따르면, 그들의 마지막 왕국이 침략받아 함락되기 직전 왕이 막대한 보물을 이곳 어딘가에 숨겨놓았다. 그리고 아직까지 그 누구도 보물을 찾은 이가 없다고 했다.

"당신네들도 지금껏 못 찾은 보물을 제가 어떻게 찾을 수 있겠어요?"

내 말에 그는 손바닥으로 무릎을 치며 말했다.

"미스터 스고이. 자네 이름이 '굉장하다'라는 뜻 아닌가? 나는 지금껏 보물을 찾기 위해 굉장한 사람을 찾아다녔다네."

옆에 서 있던 미야모토가 자랑스러운 얼굴로 나를 향해 엄지를 치켜세웠다. 하아. 미야모토 상.

"자네 혹시 보물을 찾아본 적이 있나?"

"전혀요."

나는 심지어 학창 시절 보물찾기를 할 때조차도 보물 쪽지를 단 한 번도 찾지 못했다. 무언가를 찾지 못하는 능력은 이상할 정도로 '굉장'했다. 내가 오랜 시간 한곳에서 보물 쪽지를 찾고 있으면 어디선가 나타난 다른 학생이 내 발치에 있던 돌멩이를 들어 보물 쪽지를 찾아냈다.

"그럼 발굴 같은 일은?"

"그것도 전혀요."

"그럼 자넨 대학교에서 무엇을 공부했나?"

"경영학을 공부했습니다."

"그게 뭐지?"

"경제에 연관된 것을 공부하는 학문입니다."

"경제? 경제란 건 또 무엇인가?"

나는 좀 더 쉽게 설명해야겠다고 생각했다.

"경제란 돈을 만들어내는……."

"뭐? 뭐라고? 돈을 만들어낸다고? 굉장하군. 굉장해! 역시 자네는 이름대로 굉장한 사람이었어. 미스터 스고이. 나는 자네가 필요하네. 자네야말로 내가 오랜 시간 찾고 있던 그 '굉장한 자'일세. 당장 우리 집으로 가세. 보물을 찾아 반반씩 나눠가지는 걸세."

내가 설명을 잘못했다는 것을 깨달았을 땐 이미 늦어버렸다. 그는 이미 날 연금술사로 착각하고 있었다.

"전 못 갑니다."

"아니, 반반도 안 된다는 건가? 그럼, 한번 말해보게. 자네가 7, 내가 3. 이러면 갈 텐가?"

"아니, 그게 아닙니다."

나는 내가 가더라도 결코 보물은 찾지 못할 거라고 거듭 말했다.

"그럼 밥이라도 한 끼 같이 하세. 부탁하네."

그는 졌다는 듯 말했고, 나는 어쩔 수 없이 그가 모는 차를 타고 아라라트산 아래 마을까지 가게 되었다.

그가 사는 마을은 열 가구 정도가 될까 싶을 만큼 작은 마을이었다. 호수에 저녁노을이 깔리기 시작했고, 눈 덮인 아라라트산에서 찬 기운이 마을까지 내려와 어슬렁대고 있었다. 집에 도착하자 그는 아내부터 찾았다.

　　"어서 상을 좀 차려 와! 오늘 굉장한 손님이 오셨어."

　　미모의 젊은 아내가 난과 치즈, 썬 오이와 토마토에 홍차를 곁들여 내왔다. 없는 살림에 정성껏 차린 식사였다. 하지만 나는 줄 게 없는 사람이었다. 보물은커녕 땅에 굴러다니는 동전 한 닢도 찾아주지 못할 위인이었다. 나는 미안한 마음에 음식을 조심스레 집어 먹었다. 그런데 음식 맛이 기가 막혔다. 나는 언제 미안해했냐는 듯이 눈앞에 차려진 음식을 모조리 먹어치웠다. 그렇게 다 먹고 나니 잠시 사라졌던 미안한 감정이 다시 찾아왔다. 밥을 얻어먹었으니 보물을 찾지는 못할지언정 땅 파는 시늉이라도 해야 할 것 같았다.

　　"이제 나가서 보물을 한번 찾아봐요!"

　　그러나 그가 고개를 저었다.

　　"미스터 스고이. 나는 자네가 내 초대를 물리치지 않고 이곳에 와준 것만으로도 정말 감사할 따름이네. 초대한 손님에게 일을 시킬 순 없어. 난 자네가 지닌 굉장한 기운이 필요했을 뿐일세. 오늘 와줘서 정말 고맙네."

그 말을 듣는 순간 한없이 부끄러워졌다. 나는 관광객들을 속였던 여행사 직원과 다를 게 없는 사람이었다.

어른이 되는 일

조지아의 작은 시골 마을 코니에 갈 수 있었던 건 루카 덕분이었다. 루카는 조지아의 대표적인 휴양지 바투미에서 만난 미국 친구로, 코니에서 영어를 가르치고 있었다. 당시 휴양지에 싫증이 나서 시골 풍경이 보고 싶다고 말했더니 루카는 선뜻 홈스테이를 하는 집에 한번 이야기해보겠다고 했다. 다음 날 루카가 내게 기쁜 얼굴로 말했다.

"주인아주머니가 널 초대해도 된다고 하셨어."

"와. 고마워."

내가 기쁜 목소리로 말했다.

"아직 기뻐하긴 일러. 대신 조건이 있거든."

"조건? 뭔데?"

"마을 사람들이 네가 지금 세계여행을 하고 있다는 데 엄청난 관심이 있나 봐. 네가 거기 있는 학교에서 아이들에게 한국이란 나라는 어떤 곳인지, 여행을 하면서 어떤 일들을 겪었는지 들려줄 수 있는지 물어봐달라고 하셨어."

"그런 조건이라면 좋지."

그렇게 나와 루카는 함께 코니로 향했다.

코니에서 내가 머물 가정집은 군데군데 벗겨진 흰색 페인트 사이로 붉은 벽돌이 드러난 지어진 지 꽤 오래돼 보이는 이층집이었다. 현관 나무 바닥에는 개가 남긴 발자국이 어지럽게 찍혀 있었는데, 아마도 발에 페인트를 묻힌 개가 집으로 돌아오며 남긴 흔적 같았다. 발자국은 중간에 뚝, 끊겨 있었다. 아마도 놀란 주인집 아줌마가 개를 번쩍 들어 마당에 내어놓았겠지.

내가 머물 방은 2층에 있다고 했다. 2층으로 올라가는 계단에 중세 시대 기사가 입는 철제 갑옷, 창과 방패가 걸려 있었다. 나중 이야기지만 이 집을 떠날 때 주인아주머니는 걱정스러운 얼굴로 내게 길고 긴 세계여행을 하다 보면 분명 이런저런 위험한 일을 많이 겪을 테니 이 갑옷과 무기를 가져가라고 했다. 주인아주머니는 대체 내가 어떤 여행을 하고 있다고 생각한 걸까?

내가 짐을 푼 방은 크고 넓었다. 그리고 내 마음을 단번에 사로잡은 발코니가 있었다. 햇살로 빼곡한 발코니 밖으로는 푸른 나무가 바다처럼 펼쳐져 있었다. 바람이 불자 작은 이파리들이 파도를 이루었다. 멀리서부터 발코니 앞까지 다가온 싱그러운 파도가 내 얼굴에 철썩, 하고 부딪쳤다. 정말이지 기분 좋은 바람이었다.

그때 인기척이 들렸다. 돌아보니 열 살 남짓해 보이는 두 꼬마가 두 눈을 끔뻑이며 나를 관찰하고 있었다. 파브레와 안나였다.

"우리가 정원을 소개시켜줄게요. 함께 나가요."

파브레와 안나가 내 손을 붙잡고 뒷문을 나섰다. 바닥을 쪼아대며 뒤뚱대는 새끼 오리들을 지나치니 정원으로 들어가는 길고 좁은 포도 넝쿨 길이 나타났다. 포도 넝쿨 사이로도 햇볕이 새어 들어와 눈을 즐겁게 했다.

"어서 뛰어요!"

안나가 갑자기 즐거운 비명을 지르며 뛰기 시작했다. 파브레가 엄청나게 큰 거위를 풀어놓은 것이다. 우리는 꽥꽥 울어대며 쫓아오는 거위를 피해 포도 넝쿨 길 끝으로 도망쳤다. 간신히 울타리를 넘을 수 있었다. 더 이상 쫓아오지 못해 아쉬운 표정을 짓는 거위를 보며 다들 크게 웃었다. 허리까지 젖히고 웃느라 다리가 다 풀릴 지경이었다. 마치 열 살 때로 돌아간 듯했다. 우리는 서로 손을 꼭 잡고서 신나게 정원을 구경했다.

열두 살인 파브레는 가족이나 친구들은 물론 자기 자신까지도 원숭이라고 소개할 만큼 장난꾸러기였다. 파브레에 비하면 동생인 안나는 아이답지 않게 어른스러웠다.

나는 고작 열 살인 안나가 집안일을 도맡아 하는 게 늘 안타까웠다. 가족 식사가 끝나면 오빠는 휑하니 놀러 나가고 어린 안나는 부엌에 홀로 남아 고사리손으로 설거지를 했다.

"안나. 너도 나가서 놀아. 내가 설거지할게."

나는 안쓰러운 마음에 안나에게 말했다.

"남자가 무슨 설거지야. 이건 여자가 하는 일이야. 그러니 먼저 나가서 놀고 있어. 이거 마치고 나도 따라갈게."

안나가 나를 타이르듯 내 엉덩이를 팡팡 치며 말했다.

나는 깜짝 놀랐다. 이제 겨우 열 살인 여자아이가 설거지를 여자가 하는 일로 여기다니. 시골 마을인 코니는 중세시대에서 시간이 그만 멈춰버린 곳 같았다.

"안나. 왜 설거지가 여자가 하는 일이야? 잘 들어. 남자도 설거지 할 수 있어. 먼저 나가서 놀고 있어. 이거 마치고 나도 따라갈게."

불안하다며 자리를 비키지 않으려는 안나를 억지로 밀어내고서 나는 설거지를 시작했다.

안나는 내 뒤에 가만히 서서 내가 설거지하는 모습을 지켜보고 있었다. 나는 안나에게 남자가 여자보다 설거지를 더 잘할 수 있다는 것을 보여주고 싶었다. 하지만 뭐든 너무 잘하려고 하면 오히려 문제가 생기는 법이다.

쨍그랑.

결국 컵을 깨뜨리고 말았다.

"아이고, 내 이럴 줄 알았어. 거봐, 남자가 무슨 설거지야."

안나가 이마에 손을 얹고 거보시오 내가 뭐랬소, 라는 몸짓으로 말했다.

입이 열 개라도 할 말이 없었다.

"잠시만, 손에 피가 나잖아."

안나가 걱정스러운 목소리로 말했다. 정말 내 손에서 피가 나고 있었다. 하아. 이런 망신이 또 없었다.

"아이고, 내가 못 산다, 못 살아."

안나는 크게 한숨을 내쉬고는 구급상자를 가져왔다. 안나는 고사리손으로 내 상처를 소독하고 약을 바른 뒤에 밴드를 붙여주었다. 안나에게 남자도 설거지를 할 수 있다는 것을 보여주지 못해 어른으로서 미안한 마음이 들었지만, 그 순간만큼은 열 살인 안나가 엄마처럼 느껴졌다.

외지인이 찾지 않는 이곳에서 나는 인기스타였다. 아이들을 대상으로 학교에서 강연을 했고, 마을을 산책하고 있으면 마을 사람들이 집집마다 나를 집으로 초대해 술과 음식을 대접했다.

오늘도 집 앞 공터에서 파브레와 안나와 함께 놀고서 집으로 돌아가는 길에 어디선가 파브레와 안나를 부르는 목소리가 들렸다. 이웃집 할머니와 할아버지였다. 나는 파브레와 안나의 손에 이끌려 이웃집 뜰로 향했다.

소련 시절에 지었다는 오래된 나무 집은 시간의 냄새를 풍겼다. 뜰에 묶인 송아지가 이따금씩 울어대지만 않았다면 아마도 시간이 멈춰버렸다고 생각했을 것이다. 할머니가 우리 앞에 올리브 절임과 치즈를 한가득 내어놓자 할아버지가 이때를 기다렸다는 듯 차차(조지아의 전통 과실주)를 풀어놓았다.

차차는 굉장히 독했지만 향긋한 첫맛과 달달한 끝맛이 일품이었다. 마시기 전에 차차에 코를 대고 한껏 향을 음미한 뒤 머릿속이 온통 향긋함으로 가득 찼을 때 목 안으로 넘기면 그야말로 온몸이 훌륭한 정원이 되는 것 같았다. 올리브 절임과 신선한 치즈 맛도 훌륭했다. 하지만 파브레 역시 내 옆에서 익숙하게 차차를 홀짝거리고 있는 게 마음에 걸렸다.

"할아버지, 열두 살짜리 애가 술을 마셔도 되나요?"

내가 할아버지에게 물었다.

"괜찮아. 여기서는 어릴 때부터 술을 마셔. 술을 마시고 사고 치는 건 어린애가 아니라 어른이야. 술을 금지시키려면 어른부터 못 마시게 해야지."

결코 반박할 수 없었다. 그렇지만 아이가 술을 마시는 걸 그냥 보고 있을 수만은 없었다.

"그래도 어린 나이부터 술을 마신다는 게……."

내 말에 할아버지가 웃으며 말했다.

"내가 파브레보다 나은 게 없는데 무슨 자격으로 이래라저래라 하겠나? 어른은 아이에게 무엇이든 가르치려고만 하지. 하지만 그 전에 과연 자신이 아이보다 더 나은 점이 있는지 스스로에게 물어봐야 한다네. 자네는 자네가 아이보다 더 낫다고 생각하나?"

"아니요."

나는 할아버지가 하는 말에 설거지를 하다 컵을 깨뜨려 안나에게 혼났던 일이 떠올라 자책하는 듯한 목소리로 작게 말했다.

"나는 아이들이 하루 종일 뛰노는 것을 지켜보고 있으면 그렇게 행복할 수가 없다네. 하지만 어른들을 하루 종일 지켜보고 있어야 한다고 생각해보게. 그것만큼 끔찍한 일이 또 어디 있겠나? 아이는 가르쳐야 할 대상이 아니라 배워야 할 대상이라네. 내가 어찌 스승에게 술을 드시오 마시오 하겠나?"

할아버지가 차차를 한 모금 마신 다음 말을 이었다.

"술이라는 건 결코 나쁜 게 아닐세. 그럼에도 사람들이 술이 나쁘다고 말하는 건 술이 사람 내면을 드러내기 때문이지. 어른 중에 내면이 좋은 사람이 몇이나 되겠나? 평소에 예절 바르던 사람이 술만 마시면 욕을 하고 폭력을 휘두른다면 사람들은 술이 그 사람을 망쳤다고 생각하지. 하지만 그렇지 않아. 그 사람은 술을 통해 외면을 벗어버리고 내면을 드러낸 거야. 없던 사람이 나온 게 아니라 진정한 자신이 나타난 거지. 자신이 술을 마시고 그렇게 변해버린 걸 알았다면 술을 탓할 게 아니라 자신의 내면을 들여다보고 반성해야 해. 아이들을 보게. 아이들에게는 숨겨야 할 내면이 없다네. 평소에도 내면 그대로 행동하니 술에 취한다고 해도 평소와 같을 수밖에 없지."

할아버지의 말 그대로였다. 볼이 할아버지 코처럼 발그스레해진 파브레는 여전히 장난스럽게 춤을 추고 있었다.

"그럼 왜 사람은 커가면서 외면이 생기나요?"

"그것도 다 어른 때문이라네. 어른은 자신만이 옳다고 생각하지. 또 자신이 항상 우월하다고 생각해. 하지만 아이는 그렇지 않아. 그래서 어른이 뭔가를 가르치면 모두 받아

들인다네. 어른은 아이에게 항상 자신의 외면을 주입하지. 자신의 옷을 입히는 거야. 그리고 아이가 옷을 불편해하며 내면을 드러내면 다짜고짜 야단부터 친다네. 어느덧 그 옷이 익숙할 만큼 자라난 아이는 옷을 벗는 걸 두려워하지. 그때껏 배운 대로 내면을 드러내는 것을 수치스러워하는 거야. 그렇게 꽁꽁 싸인 외면 안에서 깨끗하고 순수했던 내면은 썩어버린다네. 그게 바로 어른이 되어가는 과정이야."

할아버지가 하는 말이 정말 옳은 것 같았다. 할아버지가 파브레에게 술을 더 마시겠냐고 묻자 파브레는 충분히 마셨다며 손을 내저었다. 하지만 할아버지와 나는 너무 취해버렸다. 할아버지가 한 말처럼 절제를 못한 건 열두 살 파브레가 아니라 어른이었다.

오렌지의 무게

　　　　　　　이란의 야즈드는 조로아스터교
인이 아직 많이 남아 있는 곳이라 들었지만, 막상 이곳에서
만난 이란인은 모두 무슬림이었다. 그렇다고 무작정 돌아다
니며 조로아스터교인을 찾아다닐 수도 없는 노릇이었다. 야
즈드는 사막 한가운데에 있는 오아시스 도시였다. 감당하
기 힘든 뜨거운 열풍이 막힘없이 불어왔다. 그 열풍을 온몸
으로 맞고 있으면 입술이 풀 한 포기 없는 메마른 대지처럼
갈라졌고, 땀과 함께 이성이 흘러 나가버렸으며, 정신이 왼
쪽 귀로 들어온 바람과 함께 오른쪽 귀로 빠져나갔다. 점차
흐릿해지는 시야에 내 존재마저 희미해져갔다. 그런 이유로
낮에는 숙소에 있는 그늘진 평상 위에 누워 멜론이나 수박
을 깨 먹었고, 점심때는 이란인의 집에 초대를 받아 점심을
함께 먹었다.

　　드디어 성난 태양이 자취를 감추면 전 세계 야한 이야
기를 모두 알고 있다고 주장하는 이란인 할아버지에게 밤
새도록 재미있는 이야기를 들었다. 시원한 바람이 불어오는
가운데 전 세계 여인들이 숙소 밖까지 길게 줄을 서서 대기
하다가 할아버지 이야기가 시작되면 한 명씩 들어와 내 앞
에서 아름다운 춤을 추는 듯했다. 나는 아라비안나이트 속
페르시아 왕처럼 할아버지가 들려주는 이야기에 푹 빠져 조

로아스터교인을 찾아 나설 생각을 하지 못했다.

이처럼 굳이 척박한 야외로 나가지 않더라도 즐거운 일이 많았기에 나는 외출을 미루고 미루다 야즈드에서의 마지막 날을 맞았다. 그제야 조로아스터교인이 조장(죽은 이의 몸을 새들이 먹게 하는 장례 풍습)을 하던 '침묵의 탑'에도 가보지 않았다는 걸 깨달았다. 시라즈로 떠나는 저녁 버스를 타기 전에 뜨거운 태양에 맞서기로 했다.

택시를 타고 침묵의 탑으로 향했다. 시내를 조금 벗어나자 풀 한 포기 없는 흙으로 이뤄진 커다란 언덕 두 개가 나타났다. 큰 쪽이 남자, 작은 쪽이 여자의 조장을 행하던 곳이었다. 뜨거운 날씨 때문인지 시야가 흐려졌다. 택시 기사는 황량한 사막과 도시 사이 경계선에 나를 떨어뜨려놓았다.

나는 홀로 사막에 들어섰다. 멀리서 오토바이를 탄 이란 청년 두 명이 내게 다가왔다. 그들은 나를 위아래로 훑어보다가 인사를 건넸고, 어느 나라에서 왔는지, 직업은 무엇인지 등등 간단한 신분을 물은 뒤 환영한다고 말하며 다시 사막 저편으로 사라졌다.

나는 야즈드에 오기 전 조장을 조사하다 흥미로운 사실을 알게 됐다. 1930년대 이후 이란의 팔레비왕조는 근대적이지 않다는 이유로 조장을 금지했고, 1960년대 이후로는 몰래 조장을 해오던 것마저 사라져 이제 침묵의 탑 근처에는 폭주족만 넘쳐난다는 이야기였다. 아마 방금 전 이란 청년들을 말하는 것 같았다. 이곳에 폭주족이 있다길래 혹시나 해코지를 당하지 않을까 걱정했는데, 걱정과 달리 굉장히 친절하고 다정한 폭주족이었다.

터벅터벅 흙길을 계속 걸어갔다. 흙으로 쌓아 만든 건물이 보였다. 오래되어 일부분이 허물어져 있었다. 언덕에서 조장이 행해지는 동안 유가족들이 머물렀던 곳이다. 건물 안으로 들어가보니 허물어진 건물 잔해와 폭주족 청년들이 버린 과자 봉지가 어지럽게 널브러져 있었다. 시간이 오래 지났지만 여전히 슬픈 기운이 느껴졌다. 지붕이 허물어져 뚫려 있지 않았다면 잔뜩 고여 팽창한 슬픈 기운에 울컥 눈물을 쏟았을지도 모르겠다.

나는 건물에서 나와 남자 탑이 있는 언덕을 먼저 올랐다. 탑이 눈앞으로 다가오자 흐릿해진 시야 속으로 그 옛날 어느 날이 들어왔다. 수많은 조로아스터교인이 울음을 삼키며 탑으로 향하고 있었다. 건조한 발자국 소리가 울음소리 사이로 들려왔다. 나는 사랑하는 이를 보내고 슬픔에 잠긴 조로아스터교인들과 함께 탑에 올랐다. 뒤를 돌아보니 건물이 빽빽하게 들어서 있는 시가지가 보였다. 분명 이곳에서

부터 그리 먼 곳이 아닌데 삶과 죽음의 경계가 그러하듯 가고 싶다고 갈 수 있는 곳이 아닌 것처럼 느껴졌다.

　　탑 꼭대기에 도착했다. 이제는 돌로 메워둔 큰 구덩이가 있었다. 죽은 조로아스터교인은 구덩이 안에서 새들을 기다렸다. 조로아스터교인은 새가 죽은 이의 오른쪽 눈을 먼저 먹으면 죽은 이가 좋은 곳으로 간다고 여겼고, 왼쪽 눈을 먼저 먹으면 좋지 않은 곳으로 간다고 믿었다.

　　나는 구덩이 옆에 누워 구름 한 점 없는 하늘을 바라보다 이내 새가 어느 쪽 눈부터 먼저 먹어치울지 생각에 잠겼다. 나는 순식간에 새들에게 둘러싸였고 새들에게 뜯기고 찢겨 하얀 뼈만 남았다. 그저 죽은 육체를 생각하는데도 아픔이 느껴졌다. 한심했다. 나는 어쩌면 이토록 욕심이 많아 죽어 없어질 육체에도 집착하는 걸까.

　　인간은 사는 동안 셀 수 없이 많은 동식물을 먹어 제 살로 만든다. 하지만 정작 자신이 먹이가 되는 일엔 인색하다. 그래서 죽은 육체를 태우거나 관에 넣는다. 어떤 이는 아예 미라가 된다.

　　나는 며칠 전에 보았던 오렌지를 떠올렸다. 아무도 남아 있지 않은 숙소 평상에 누워 책을 보고 있을 때였다. 어디선가 툭, 하는 소리가 들렸다. 고개를 들어보니 나무에서 떨어진 오렌지가 바닥에 뒹굴고 있었다. 나무를 한참 바라보고 있으니 또 다른 오렌지 하나가 툭, 하고 바닥으로 떨어졌다. 오렌지는 바람 한 점 없는 가운데 자신의 무게만으로 가지에서 떨어져 나와 바닥으로 낙하했다. 그 가지에서는 그 전에도, 그 이후에도 수많은 오렌지가 떨어졌고, 떨어질 것이다. 꾸밈없는, 실로 아름다운 죽음이었다.

당신은

행복한 사람

두바이에서 오만으로 가는 버스를 타기 위해 터미널을 찾았다. 보통 두바이에서 오만으로 갈 때는 비행기를 탄다는데 나는 한 푼이라도 아껴보자는 생각으로 버스를 선택했다. 막 표를 끊고 버스에 올라타려는데 한 친절한 직원이 내게 다가와 말을 걸었다.

"가방 주세요. 제가 실어드릴게요."

내가 하겠다고 답했지만 그는 내 가방을 거의 빼앗듯이 가져가 버스 안으로 휙 던져버렸다. 친절한 말투에 비하면 꽤 거친 행동이었다. 내가 고맙다고 말하며 버스에 오르려고 하자 직원이 내 팔을 붙들면서 팁을 달라고 했다. 아, 속았구나, 싶었다. 알고 보니 그는 이곳 직원도 아니었다. 괜히 다투기 싫어 기념으로 남겨둔 아랍에미리트 동전 하나(한화로 약 400원)를 주고 다시 버스에 오르려고 했다. 하지만 그가 다시 내 팔을 붙들었다.

"팁인데 15다르함(한화로 약 5500원) 정도는 줘야죠!"

내가 짐을 옮기겠다고 했는데 마구잡이로 가방을 빼앗아 버스 안으로 휙 던져놓고는 어처구니없이 팁을 바라고 있는 그에게 나는 따지기에 앞서, 일단 다르함을 다 써버려서 줄 돈이 없다고 말했다. 그러자 그는 오만 돈도 괜찮다고 했다. 나는 가지고 있는 오만 돈은 모두 고액지폐라 그것도 곤란하다고 했다. 그래도 그는 내게서 떨어지지 않았다. 정말 끈질긴 사람이었다. 어느 정도 실랑이를 벌이고 나서야 그가 포기하고 돌아섰다.

나는 화를 가라앉힐 겸 바람을 쐬러 잠시 버스 옆 벤치에 앉았다. 그때 방금 전에 팁을 요구했던 사내가 다시 다가와 물었다.

"당신은 어느 나라 사람이에요? 중국인? 일본인?"

나는 한국인이라고 답했다. 그러자 사내는 능숙한 한국어로 자신은 방글라데시인이라고 했다. 내가 깜짝 놀라자 그가 재미있다는 듯 웃었다.

"예전에 한국에서 일했어요."

하지만 이후 표정이 갑자기 어두워졌다.

"당신이 한국인이었다는 걸 알았다면 아까 돈을 달라고 하지 않았을 거예요. 한국 사람들은 돈, 돈, 돈! 왜 그렇게 돈 많은 사람들이 돈 욕심이 많아요? 나쁜 사장 놈이 고작 얼마되지도 않는 월급을 제대로 주지도 않고 한국에서 날 쫓아내버렸어요."

그는 한동안 한국어로 욕을 해댔다. 그러자 주위에 있던 사람들이 그에게 다가와 무슨 일이냐고 물었고, 그는 그들에게 내가 모르는 언어로 이야기를 늘어놓았다. 아마도 한국에서 겪었던 일을 이야기하는 것 같았다. 잠시 후 주위 사람들이 흥분하며 내게 야유를 퍼부었다. 얼굴을 들 수가 없었다.

더 큰 문제는 버스를 타고 난 뒤에 일어났다. 아무도 내 옆에 앉으려 하지 않았다. 버스 안에는 나를 제외한 모든 탑승객이 외국인 노동자였다. 그들은 아랍에미리트에서 비자 연장이 안 되어 주변 국가인 오만으로 비자 연장을 하러 가는 중이었다. 만원 버스였다. 내 옆에 앉으니 불편하더라도 비좁게 타고 가겠다는 뜻인 듯했다.

게다가 그들은 내가 들으라는 듯이 한국어로 한국인은 정이라고는 눈곱만큼도 찾아볼 수 없는 세계에서 가장 매정한 사람들이라 말하며 한국인을 성토했다.

버스 안에 앉아 있는 게 가시방석이었다. 불편해 죽을 것만 같았다. 누군가 나에게 말을 건 건 아랍에미리트 국경에 도착했을 때였다.

"오만 비자는 받아 왔죠?"

버스 기사가 나에게 물었다.

"한국은 오만에 무비자로 출입이 가능해요."

내가 말했다. 그러자 버스 안의 모든 사람이 내 말을 믿지 않았다. 나를 제외한 탑승객 중 누구도 비자 없이 오만에 들어갈 수 없었기 때문이다. 내가 무비자로 오만에 들어갈 수 있다는 것을 안 그들은 다시 한번 나를 곱지 않은 눈으로 쳐다보았다. 아, 비행기를 탔어야 했다.

오만 국경에 도착해 입국 수속을 받은 뒤 다시 버스에 탔다. 여전히 누구도 내 옆에 앉고 싶어 하지 않았지만, 결국 가장 늦게 버스를 탄 사람이 내몰리듯 내 옆에 앉았다.

한동안 말이 없던 내 옆 사람이 내게 말없이 쿠키 하나를 건넸다. 나는 고맙다며 쿠키를 받아 먹었다.

"모두들 당신을 부러워해요."

그가 말했다. 나는 아무 말도 하지 못했다.

"가족은 있어요?"

그가 물었다.

"네. 오만에서 아내를 만나기로 했어요."

"그렇군요. 내 가족들은 모두 방글라데시에 있어요. 가족들을 못 본 지 벌써 5년째죠. 우리나라 사람 대부분이 나처럼 가족을 떠나 나라 밖을 떠돌며 일해요. 그렇게 번 돈을 가족에게 보내줘요. 여기 버스 안에 있는 사람들도 마찬가지일 거예요. 모두 돈을 많이 벌어서 하루 빨리 가족들을 만날 수 있기를 기다리며 나라 밖을 떠돌고 있는 거죠. 당신은 행복한 거예요. 다른 나라로 돈을 벌기 위해 떠돌아다니지 않아도 되니까요. 당신은 늘 행복한 사람이라는 걸 알아둬요."

역시 한국인은 정이 없다고 생각할 것 같아 무슨 대답이라도 해야 할 것 같았지만, 매정하게도 나는 아무 말도 하지 못했다.

돈과 행복의 관계

스리랑카의 수도, 콜롬보에 짐을 푼 나와 아내는 인도 비자를 신청하기 위해 길을 나섰다. 하늘은 곧 비가 내릴 듯 우중충했지만 덥지 않아 좋았고, 길가에서 목청 높여 부부 싸움을 하는 아저씨와 아줌마도 친근하니 보기 좋았다. 도로를 가득 메우고 있는 툭툭(삼륜 오토바이 택시)과 자동차의 공해와 소음은 한시도 지루할 틈을 주지 않아 좋았다. 콜롬보는 정말이지 아름다운 곳이었다.

사실 내가 이토록 기분이 좋은 이유는 전날 카지노에서 80만 원가량 땄기 때문이었다. 전날 오후, 스리랑카 음식을 잘하는 식당을 추천해달라는 우리 부탁에 호텔 주인은 이렇게 말했다.

"카지노에 가면 무료로 훌륭한 스리랑카 음식을 뷔페식으로 먹을 수 있어요. 게다가 술도 공짜고요!"

우리는 카지노로 달려갔고, 그곳에서 근사한 스리랑카 음식으로 배를 채웠다. 이어 우리는 테이블에서 공짜 술을 마시기 위해 미니멈 배팅을 하며 게임을 했다. 그런데 뜻하지 않게 80만 원이 손에 들어왔다. 은행에서 돈을 찾지 않고도 스리랑카 여행을 할 수 있게 되었다. 그러니 세상 모든 게 아름답게 보일 수밖에. 나는 지갑에 들어가지 않는 두둑한 현금을 고무줄로 묶어 바지 뒷주머니에 넣고는 호텔 근처에 서 있던 툭툭을 불렀다.

"인도 대사관까지 얼마예요?"

"300루피요."

아무리 많이 줘도 250루피면 인도 대사관까지 갈 수 있다는 호텔 주인의 말이 떠올랐지만 오늘은 아름다운 날이었다. 우리는 흥정하지 않고 툭툭에 올라탔다. 어차피 50루피라고 해봐야 400원 정도니까. 그 정도 선심은 쓸 만한 날이었다.

대사관은 먼저 온 사람들로 북적였다. 긴 줄 끝에서 차례를 기다리고 있는데 문득 허전한 느낌이 들었다. 나는 돈뭉치를 넣어뒀던 바지 뒷주머니에 손을 가져갔다. 제길. 돈이 없었다. 하늘이 무너지는 것 같았다. 대사관 밖으로 뛰어나가봤지만 우리가 타고 왔던 툭툭이 있을 리 없었다.

"무슨 일이에요?"

대사관 직원이 허둥대는 날 보며 물었다.

내가 상황을 설명하자 그가 안타까운 표정을 지었다.

"그 돈을 다시 찾기는 어려울 거예요."

하지만 포기할 순 없었다. 나는 아내에게 대사관에서 기다리라고 말한 뒤 서둘러 호텔로 돌아왔다. 그러고는 호텔 근처에서 손님을 기다리고 있던 툭툭 기사들에게 달려가

자초지종을 설명했다. 다행히 그중 나를 기억하는 툭툭 기사 두 명이 우리를 태웠던 사람을 알고 있다고 했다.

"내가 전화를 해볼게요."

그는 누군가와 전화를 하고 금세 끊었다.

"곧 올 겁니다. 조금만 기다려보죠."

나는 고맙다고 말하면서도 속으로는 걱정했다.

'툭툭 기사가 돈을 가져갔으면서도 발뺌하면 어떡하지?'

잠시 후 툭툭 기사가 슬픈 표정으로 나타났다. 그는 옷속 깊이 보관하고 있던 돈뭉치를 꺼내 순순히 내게 건넸다. 무너졌던 하늘이 다시 일어서는 것 같았다. 반면 이번에는 툭툭 기사의 하늘이 무너져 내리고 있었다. 스리랑카 국민 중에서도 가난한 부류에 속하는 그의 소득을 생각해봤을 때 그 돈은 적어도 반년 이상을 일해야 벌 수 있는 큰돈이었을 터였다.

나는 이 정직하고 고마운 툭툭 기사가 짓고 있는 슬픈 표정에 무척이나 미안해져서 돈뭉치의 고무줄을 풀었다.

"돈을 돌려줬으니 사례는 해야죠! 돈의 20퍼센트를 드릴게요."

그의 슬픈 표정이 곧 밝아졌다. 나는 그가 보는 앞에서 돈을 세어 약속한 20퍼센트를 건넸다. 그때 옆에서 우리를 지켜보고 있던 또 다른 툭툭 기사가 서글픈 목소리로 말했다.

"제가 이 친구에게 전화를 하지 않았다면 돈을 못 찾았을 텐데…… 저도 사례를 받아야 하는 게 아닐까요?"

"당연하죠! 돈의 10퍼센트를 드릴게요."

그때 돈을 찾는 데 아무런 기여도 하지 않았지만 처음부터 우리 모두를 지켜보고 있던 툭툭 기사도 입을 열었다.

"모두 기뻐하는데 저만 기쁠 일이 없네요."

그는 거의 울먹이고 있었다. 나는 그가 하는 말에도 일리가 있다고 생각해 돈의 5퍼센트를 건넸다.

"이제 모두 만족하죠?"

내 말에 모두가 만세를 부르며 기뻐했다. 그들은 스리랑카 사람이 이토록 착하다, 도대체 어느 나라에서 잃어버린 돈을 이처럼 찾을 수 있겠냐며 웃었고, 나도 스리랑카는 정말이지 정직하고 좋은 나라다, 돈을 찾을 수 있게 도와줘서 정말 고맙다고 말하며 웃었다. 한참 동안 서로를 얼싸안으며 기뻐하던 중에 내게 돈을 돌려준 툭툭 기사가 다시 대사관에 가봐야 하지 않느냐고 물었다.

"내가 직접 데려다줄게요!"

나는 고맙다고 말하며 툭툭에 올라탔다. 그는 툭툭이

낼 수 있는 최고 속도를 내며 즐겁게 거리를 질주했다. 우리는 함께 콧노래를 부르며 대사관에 도착했고, 나는 고맙다는 인사를 건넨 뒤 툭툭에서 내려 대사관에 들어가려 했다. 그러자 툭툭 기사가 나를 불렀다.

"써, 써! 300루피는 주고 가셔야죠."

그가 알미웠다. 꽤 많은 돈을 사례비로 주었고, 그 일로 서로 얼싸안으며 기뻐하기까지 한 사이인데 차비를 내라니! 게다가 그 거리는 250루피면 갈 수 있는 거리였다. 나는 쓴웃음을 지으며 그에게 300루피를 건넸다. 그러다 두툼했던 돈뭉치가 한없이 얇아졌다는 사실을 깨달았다. 돈을 찾아 너무 기쁜 나머지 내게 남을 액수도 생각하지 않고 사례비를 마구 뿌려댄 것이다. 고무줄로 한 바퀴만 돌리면 묶였던 빵빵한 돈뭉치가 고무줄을 두 바퀴, 아니 세 바퀴를 돌려도 헐렁할 정도로 얇아져 있었다. 나는 홀랑 잃어버릴 뻔했던 돈을 반이라도 찾았으니 다행이라고 생각하면서도 조금은 럭셔리하게 즐길 수 있었던 스리랑카 여행이 그 전과 별반 다르지 않은 여행이 되어버렸다는 데 적잖이 아쉬웠다.

다음 날, 우리는 시내 관광을 하러 호텔을 나섰다. 그때 툭툭 기사들이 환한 얼굴로 우리를 반겼다.

"써, 어제 당신이 준 돈으로 어머니 약을 살 수 있었습니다."

"써, 어제 당신이 준 돈으로 가족들이 성대한 저녁을 먹을 수 있었습니다."

"써, 어제 당신이 준 돈으로 하루 일을 접을 수 있었습니다! 집에서 실컷 잠을 자며 휴식을 취했지요."

그들은 무척이나 행복해 보였다. 그렇다고 그들이 행복해진 만큼 내 행복이 줄어들거나 내가 불행해진 건 아니었다.

돈이 행복을 끌어 올리는 데 중요하게 작용하는 건 검소한 의식주가 해결되기 전까지고 그 이후의 행복은 쾌락에 끌려다니지 않는 삶의 태도로부터 온다던 그리스의 철학자 에피쿠로스의 말이 떠오르는 순간이었다.

그들은 무척이나 행복해 보였다.
그렇다고 그들이 행복해진 만큼
내 행복이 줄어들거나
내가 불행해진 건 아니었다.

하지 알리 모스크의
거지

인도 뭄바이에 있는 하지 알리 모스크에는 하지 알리라는 대부호의 무덤이 있고, 그에 관한 흥미로운 이야기가 전해 내려온다.

하지 알리는 지금의 우즈베키스탄인 고대 페르시아제국의 부하라라는 곳에서 세계여행을 시작했는데, 그때가 15세기 초였다. (역시 세계여행의 역사는 꽤나 오래되었다.) 그는 세계여행을 끝마친 뒤 뭄바이에 정착했고, 여행에서 얻은 풍부한 경험으로 금세 부유한 상인이 되었다. 그러던 어느 날, 모든 재산을 사람들에게 나누어주고는 메카 순례길에 올랐다. 하지 알리의 흥미로운 전설은 여기에서부터 시작된다.

그는 순례길에 거리에 주저앉아 울고 있는 한 가난한 여인을 만났다. 여인은 빈 항아리를 품에 안고서 서글피 울고 있었다. 하지 알리가 여인에게 물었다.

"무슨 일입니까?"

"기름을 들고 집으로 가다가 넘어지는 바람에 기름을 모두 쏟고 말았답니다. 그래서 남편에게 매를 맞고 집에서 쫓겨난 신세가 되었지요."

여인이 흐르는 눈물을 소매로 닦으며 대답했다. 하지

알리는 여인에게 기름을 쏟은 곳이 어디냐고 물었고, 여인이 손가락으로 가리켰다. 하지 알리는 그곳으로 조용히 다가가더니 여전히 기름이 흥건한 땅에 손가락을 넣었다가 뺐다. 그러자 놀랍게도 기름이 넘쳐흐르기 시작했다. 여인은 기쁜 마음으로 기름을 항아리에 가득 담고 집으로 돌아갔다.

이 기적은 여인에게는 기쁜 일이었지만 하지 알리에게는 그렇지 못했다. 하지 알리는 그 뒤로 악몽에 시달리기 시작했다. 땅이 그가 행한 행동으로 참기 힘든 아픔을 겪었다며 크게 노하는 꿈이었다. 그는 계속된 악몽에 급격히 쇠약해졌고 결국 큰 병에 걸려 유언을 남기기에 이르렀다.

"내가 죽거든 나를 관에 넣어 아라비아해로 던져버리게."

그는 땅에게 아픔을 주었으니 땅에 묻힐 자격이 없다고 생각했다. 하지 알리는 결국 메카에 다다르지 못한 채 세상을 떠났다. 그를 따르던 추종자들은 그가 남긴 유언대로 그를 관에 넣어 바다로 띄워 보냈다. 그런데 신기하게도 그 관은 그가 살던 뭄바이로 돌아왔고, 사람들은 그를 기리기 위해 관이 암초에 걸려 있던 곳에 거대한 모스크를 세웠다. 이런 이유로 하지 알리 모스크는 바다 한가운데에 자리를 잡고 있었다.

  이와 같은 신비로운 이야기가 아니었다면 힌두 국가인 인도에서 뭄바이 중심가와 한참 떨어진 이슬람 사원까지 찾아갈 일은 없었을 것이다. 그러나 하지 알리 이야기는 복잡한 뭄바이에서 벗어나 한산한 모스크를 돌아보는 것도 괜찮지 않을까 싶은 생각이 들 정도로 흥미로웠다.

  하지만 역시 인도는 함부로 상상해서는 안 되는 곳이었다. 한산할 거라는 생각과는 반대로 하지 알리 모스크로 가는 길은 더디고 더뎠다. 아직 갈 길이 멀어 모스크가 보이지도 않는데 수많은 인파에 발 디딜 틈이 없었다. 인도에서 힌두교 사원도 아닌 이슬람 사원에 이리도 많은 사람이 몰리다니. 게다가 더 놀라운 사실은 인파 대부분이 힌두교인이라는 것이었다.

  군것질거리와 기념품을 파는 골목을 지나 한참을 걸어가니 저 멀리 바다 한가운데에 떠 있는 하얀 모스크가 눈에 들어왔다. 누군가 나에게 지구상에서 가장 비현실적인 공간이 어디였느냐고 묻는다면 주저하지 않고 하지 알리 모스크라고 대답할 것이다. 마치 꿈속으로 들어온 것만 같았다. 아침부터 내리고 그치기를 반복한 흙비와 하늘을 온통 뒤덮은 어둡고 누런 먹구름, 그리고 그 구름들 사이로 비치는 우중

충한 햇빛이 마구 뒤섞인, 뭐라 정의할 수 없는 모호한 날씨가 제대로 한몫했다.

바다 위에는 모스크로 가는 길이 나 있었다. 이 길은 시간에 따라 바다 위로 나타났다 사라지기를 반복한다고 했다. 길 양옆에서 역시 어둡고 누런 하늘빛을 한껏 머금은 사나운 파도가 오른쪽으로, 왼쪽으로, 그러다 양쪽으로 질서 없이 몰아쳐댔다. 지구의 법칙들이 이곳에서 모두 사라지는 듯했다. 그때였다.

메에에에에.

소리가 나는 곳으로 눈을 돌렸더니 가로로 길게 늘인 눈동자로 나를 노려보고 있는 검은 염소가 보였다. 염소의 울음 속에는 무언가 메시지가 담겨 있는 것 같았다. 메에에에에. 메에에에에. 검은 염소는 안타까운 마음으로 여러 차례 말을 걸어왔지만 나는 염소가 하는 말을 이해하지 못했다. 결국 말 걸길 포기한 검은 염소가 길고 긴 눈동자로 나를 가만히 응시했다. 나도 염소 눈을 가만히 들여다보았다.

'이 어리석은 놈아.'

나는 순간 전생에 모시던 스승님을 만난 것처럼 움찔하며 염소의 눈을 피했다.

'아니, 스승님. 어쩌다 이번 생에는 염소로 태어나게 되셨습니까? 저는 아직 부족한 탓에 염소가 말하는 언어를 알아듣지 못합니다. 스승님이 하시는 말을 들으려면 다음 생을 기약해야 할 것 같습니다. 죄송합니다.'

이곳은 지구 법칙뿐만 아니라 인연이라든가 시간이라든가 관계라는 것 모두가 파괴되고 뒤섞이는 곳 같았다. 세상에 염소에게도 공손해지는 곳이 또 어디 있을까. 나는 도대체 뭐가 뭔지 모를 기분으로 사람으로 미어터지는 긴 바닷길을 걸어 모스크로 향했다. 수많은 사람이 바닷길 양옆에 쭈루니 모여 있었다.

장난감을 파는 잡상인, 옷을 파는 잡상인, 체중계로 몸무게를 재어주고 돈을 받는 소년, 신체 일부를 잃은 불구자, 울고 있는 갓난아이를 데리고 구걸하는 엄마 거지, 늙은 거지, 소년 소녀 거지, 오랜 시간 멀쩡한 팔을 쓰지 않고 하늘을 향해 들고 있어 팔이 화석처럼 굳어버린 요가 수행자, 반대로 오랜 시간 멀쩡한 두 다리를 쓰지 않아 다리가 화석처럼 굳어 끌개 위에 앉아 있는 요가 수행자.

도대체 여기는 어디일까. 혹여 이 모든 게 꿈이라 하더라도 깨고 난 다음에 절대 잊히지 않을 장면이었다. 어쩌다 발을 헛디뎌 바다에 빠지기라도 한다면 다시는 깨지 못할 꿈에 빠질까 봐 최대한 침착하게 발걸음을 뗐다.

드디어 하지 알리 모스크에 도착했다. 모스크에 몰린 엄청난 인파 탓에 우리는 잠시 모스크 밖에서 기다려야 했다. 사람들은 대부분 힌두교 복장을 하고 있었다. 사람 구경에 넋을 놓고 있는데 한 청년이 눈에 들어왔다. 그는 수많은 인파 속에서도 단연 돋보였다. 이곳에서 선글라스에 화려한 옷을 갖춰 입은 사람은 그뿐이었다. 그가 입은 옷은 빨간색, 초록색, 주황색 등 여러 원색으로 이루어져 있었고, 엘비스 프레슬리가 입던 옷처럼 깃털이 달려 있어 인도에서조차 참 요상하다고 생각될 만했다. 그는 패션에 굉장한 자부심이 있는지 아무도 신경 쓰지 않는데 혼자 모스크로 올라가는 계단 위에서 양팔을 벌려 포즈를 취하는가 하면 과장된 웃음을 지어 보이기도 했다. 그런 그와 눈이 마주친 나는 얼른 눈을 돌렸다. 하지만 그는 자신감에 찬 얼굴로 내게 다가왔다. 유명 인사가 나눌 법한 악수를 청하며, 유명 인사가 지을 법한 미소를 날리는 그에게 나는 마지못해 손을 내밀었다. 호기심 많은 인도인들이 이 요상한 인간과 동양인이 앞으로 무슨 이야기를 나눌지 궁금해하며 빠른 속도로 몰려들었다.

"그대는 어디에서 왔습니까?"

그가 나뿐 아니라 주변 사람 모두가 들으라는 듯 군중

을 한 번 쳐다본 뒤 큰 소리로 물었다.

"한국에서 왔습니다."

내가 말했다. 그러자 그는 다시 군중을 향해 "한국에서 왔답니다!" 하고 소리쳤다. 여기저기서 "아이고, 멀리서도 왔군", "내 사촌이 지금 한국에서 일하고 있는데 자네 혹시 내 사촌을 알고 있나?"와 같은 말이 쏟아졌다.

"인도를 어떻게 생각합니까?"

그가 다시 물었다. 나는 "너무나도 좋은 곳입니다"라고 답했다. 그는 또다시 군중에게 "이 한국인이 인도가 너무나도 좋답니다!" 하고 외쳤다. 그러자 몇몇 사람이 기분 좋은 표정으로 박수를 쳐댔다. 이 요상한 청년은 사람들 관심을 받자 기분이 정말 좋아 보였다. 그가 으스대며 또 물었다.

"저에 대해 궁금한 것은 없습니까?"

"당신은 힌두교인입니까, 아니면 무슬림입니까?" 내가 물었다.

"힌두교인입니다."

"그런데 왜 이곳에 왔습니까?"

"이 모스크는 소원을 이뤄주는 곳으로 유명합니다. 힌두교에는 정말이지 많은 신이 있답니다. 대략 3억 3천만 명이나 되는 신이 있지요. 여기에 신 하나가 더 생긴다고 해서 달라질 게 있겠습니까? 여기 오는 모든 사람은 이곳에서 소원을 빕니다. 저도 좋은 집과 좋은 옷을 살 수 있게 해달라고, 인기가 많아지게 해달라고 기도합니다. 사실 저는 영화배우가 되는 게 꿈이거든요."

그가 하늘을 향해 양팔을 벌리며 말했다. 그의 눈에는 막 눈앞으로 다가온 꿈이 보이는 듯했다.

"또 다른 질문은 없습니까?"

"여기는 왜 이렇게 거지가 많습니까?"

사실 나는 그 이유를 알고 있었다. 무슬림에게는 누군가가 도움을 청하면 어떻게든 도와야 한다는 교리가 있었다. 그러니 모스크 앞은 구걸하기에 그야말로 최적의 장소였다. 나는 거만하기 짝이 없는 그가 이번엔 어떻게 답할지 궁금해졌다. 그는 군중에게 대고 "이 외국인이 이곳에 왜 이렇게 거지가 많으냐고 묻는군요!"라고 외치더니 인터뷰라도 하듯 근처에 있던 한 거지에게 다가가 물었다.

"당신은 왜 여기에 있습니까?"

그러자 늙은 거지가 말했다.

"여기는 자네와 나 같은 거지들이 모이는 곳이기 때문이지."

"제가 거지라뇨? 보시다시피 저는 거지가 아닌데요."

그가 자신이 입은 화려한 옷을 매만지며 말했다. 그러자 늙은 거지가 다시 입을 열었다.

"나는 1루피를 받기 위해 이곳에 하루 종일 머무른다네. 하지만 자네는 이곳에 그저 잠시 머물면서 나보다 더 큰 것을 바라고 있지 않나? 자네는 어째서 자네가 거지라고 생각하지 않는가?"

순간, 청년의 얼굴이 빨개졌다. 그는 더는 군중을 향해 자신이 들은 말을 외치지 않았다. 그러더니 성급히 그곳을 벗어났다. 그는 사라졌지만 주변은 여전히 인파로 발 디딜 틈이 없었다. 가까이 보이는 웅장한 하지 알리 모스크는 여전히 비현실적인 모습으로 그 자리에 서 있었다.

발리우드 스타

오마르

우리가 여행하는 동안, 오마르는 독일 기업의 인턴십 자격으로 인도에 와 있었다. 초코 플라와 더치 프라이를 먹겠다고 암스테르담에 가는 오마르이기에 그가 인도에 와서 요상한 취미가 생긴 것도 그리 놀랄 일은 아니었다. 오마르는 물건을 살 때마다 늘 고액지폐를 내서 거스름돈으로 소액지폐를 챙겼다. 상점 주인이 거스름돈으로 내줄 소액지폐가 없다고 하거나 고액지폐를 받지 않는다고 하면 오마르는 그동안 모아 온 지갑 속 두둑한 소액지폐를 사용하는 대신 멀리 있는 다른 가게를 찾았다.

하루는 오마르와 그의 직장 동료와 함께 카페를 갔는데 모두가 커피를 마실 때 오마르는 커피를 마시지 않았다. 커피가 터무니없이 비싸다는 게 이유였다. 나는 이번 기회에 그 많은 소액지폐를 사용하라고 말했다. 지갑 속 소액지폐를 모두 쓰면, 그가 비싸다고 생각하는 커피를 몇 잔이나 살 수 있었다. 하지만 그는 결코 소액지폐를 쓰지 않았다.

오마르하고는 함께 저녁 먹는 일조차 쉽지 않았다. 우리는 오마르가 예전에 한번 가봤는데 정말 괜찮았다는 식당에서 저녁을 먹기 위해 나왔지만 오마르가 식당을 찾지 못하는 바람에 벌써 30분 넘게 같은 거리를 몇 번이나 오가며 헤매고 있었다.

"오마르. 제발 부탁인데 아무 식당이나 들어가자."

"아니야. 그 식당이 정말 맛있단 말이야. 좀 더 찾아보자."

꼭 그 식당을 가야겠다는 오마르 때문에 고픈 배를 움켜쥔 채 거리를 헤매고 있던 때였다. 한 늙은 여자 거지가 우리에게 다가왔다.

"제발 도와주세요. 며칠째 밥을 굶고 있습니다."

그 말에 오마르가 지갑을 꺼내 10루피(한화 약 160원) 지폐를 주었다. 나는 깜짝 놀랐다. 소액지폐는 오마르가 목숨처럼 소중히 여기는 수집품이었다.

이번에는 바지를 입지 않은 한 남자아이가 다가왔다.

"써. 써. 플리즈."

오마르는 이번에도 지갑을 꺼내 10루피 지폐를 주었다. 오마르가 식당을 찾는 동안 거지를 다섯 명 더 만났고, 오마르는 그때마다 그들에게 10루피 지폐를 주었다. 한두 명씩 찾아오던 거지는 어느 순간 수십 명으로 불어났다. 달라는 대로 돈을 주는 한 어수룩한 외국인이 있다는 소문이 퍼진 것 같았다. 방금 전 오마르에게서 돈을 받았던 소년이 친구를 잔뜩 데리고 함박웃음을 지으며 다른 골목에서부터 뛰어오고 있었다.

우리는 곧 어디로도 나아갈 수 없는 지경이 되었다. 거지들은 오마르의 배를 쓰다듬고, 손을 움켜쥐고, 발을 붙잡고 늘어졌다. 그리고 오마르에게 그들이 처한 힘든 상황을 호소했다.

"써, 전 부모님이 모두 돌아가셨어요."

"써, 전 남편이 죽고 애와 저 단둘뿐이에요. 앞으로 애를 어떻게 키워야 할까요?"

"써, 전 사고로 한 팔을 잃었어요. 일을 할 수 없어요. 며칠을 굶었는지 몰라요."

오마르는 그들 모두에게 10루피를 주었다.

처음 돈을 받았던 늙은 여자 거지가 이 상황이 자기 탓처럼 여겨졌는지 미안한 목소리로 오마르를 말렸다.

"이봐요. 이제 그만 돈을 주세요. 당신이 뭄바이에 있는 모든 거지를 불러들이고 있어요."

그녀는 진심으로 오마르를 걱정하고 있었다.

하지만 늦었다. 이미 뭄바이의 모든 거지가 다 모인 듯했다. 수많은 인파를 보고 인도인들과 관광객들도 무슨 일인지 궁금해하며 모이기 시작했다.

어디선가 급하게 뛰어온 한 인도인이 말했다.

"아미르 칸이 왔다며? 대체 어디 있는 거야?"

발리우드 스타 영화배우 아미르 칸이 나타났다는 루머마저 퍼진 모양이었다. 모여든 사람으로 인도는 물론, 도로마저 마비되어 사람이든 차든 어디로도 움직일 수 없는 지경에 이르렀다. 오마르는 자신이 무슨 일을 벌이고 있는지도 모른 채 거지들에게 계속해서 10루피를 나눠주고 있었다.

오마르의 두둑한 지갑 속 10루피가 모두 사라졌다. 하지만 거지 무리는 그를 떠나지 않았다. 오마르는 근처 상점으로 다가가 고액지폐를 꺼냈다.

늙은 여자 거지가 오마르가 꺼내 든 고액지폐를 보더니 오마르에게 말했다.

"당신은 정말 뭄바이의 거지를 다 불러모으고 말았어. 하지만 걱정 마. 내게 그 돈을 주면 자네가 여기서 벗어날 수 있도록 도와줄 테니까."

오마르는 늙은 여자 거지의 말에 대꾸하지 않았다. 그저 상점 주인에게 고액지폐를 건네며 소액지폐로 바꿔달라고 했다. 지금껏 모든 일을 지켜본 상점 주인은 고개를 숙이며 오마르가 내민 고액지폐를 두 손으로 받아 들었다. 받은 돈을 하늘을 향해 들어 신께 보인 후 입을 맞췄다. 상점 주인은 무척이나 공손한 태도로 오마르에게 10루피와 20루피로 이루어진 소액지폐 뭉치를 건넸다. 나는 지금껏 단 한 번도 인도인이 외국인에게 그토록 공손한 태도를 보이는 모습은 보지 못했다.

오마르는 그 자리에서 상점 주인이 바꾸어준 10루피와 20루피를 다시 거지들에게 나눠주기 시작했다. 10루피를 받은 거지가 다른 이들에겐 20루피를 주고선 왜 자신에겐 10루피를 주느냐며 불평했다. 오마르는 그런 불평에 아무 대꾸도 하지 않고 10루피를 더 주었다. 눈 깜박할 사이에 오마르의 낡은 지갑 속 돈이 모두 사라졌다. 오마르가 빈 지갑을 활짝 열어 보여준 뒤에야 거지들이 사라졌다.

거리는 곧 한산해졌다.

방금 도착한 인도인이 지나가는 사람들에게 물었다.

"아미르 칸은 벌써 떠난 거야?"

아미르 칸이 나타난 것만큼이나 정말 대단한 사건이었다. 나는 대단한 일을 겪고서 오마르에게 충고하듯 말했다.

"오마르. 뭐든 적당히 해야지. 이게 대체 무슨 난리야."

내 말에 오마르는 슬픈 표정을 지으며 답했다.

"도움을 청하는 사람을 어떻게 뿌리칠 수 있어? 오늘 내 도움을 필요로 하는 사람이 그토록 많았는데 모두 돕지 못해 슬퍼."

　뭄바이에 나타난 건 발리우드 스타가 아니었다. 그날
나는 성인을 보았다.

"도움을 청하는 사람을
어떻게 뿌리칠 수 있어?
오늘 내 도움을 필요로 하는 사람이
그토록 많았는데 모두 돕지 못해 슬퍼."

그린 카르마

나와 아내는 라자스탄의 보석이라 불리는 호수 도시, 우다이푸르에서의 마지막 날을 기념하며 아름다운 호수가 내려다보이는 근사한 레스토랑에서 저녁을 먹고 있었다.

"내일 자이살메르로 갈 예정이에요."

내가 이곳에서 친해진 레스토랑 직원에게 말하자 그가 마침 생각났다는 듯 말했다.

"거기 우리 삼촌이 운영하는 호텔이 있어요. 미리 연락을 해둘 테니 거기서 머무르세요."

나는 '삼촌'이라는 말이 영 마음에 들지 않았다. 그래서 그 호텔에 가보긴 하겠으나 묵을지 안 묵을지는 가서 결정하겠다고 못을 박았다.

"원 루피", "엉클", "프렌드", "노 프라블럼"은 인도에서 가장 많이 듣는 말이었다.

우선 1루피를 달라는 말. 돈 달라고 하는 사람이 모두 거지인 것은 아니다. 인도에는 못 먹는 감 찔러나 보자는 식으로 무턱대고 돈을 달라는 사람도 많았다.

삼촌이 운영하는 호텔이나 기념품 가게에 가보자는 말. 긴 인도 역사를 고려하더라도 온 인도 사람이 혈연관계를 맺고 있을 리는 없었다. 그런데 인도인들은 내가 무언가를 원할 때마다 적재적소에 있는 '삼촌'을 소개해주었다.

반색하며 친구라 외치는 말. 인도에서 '친구' 운운하며 다가오는 이들에겐 '지금 그대에게 사기를 치기 위한 작업에 들어가겠다'는 의도가 다분했다. "마이 올드 프렌드!"라고 말할 때는 그만큼 큰 사기를 치겠다는 뜻으로 더욱 주의해야 했다.

그리고 문제가 생길 때마다 외치는 말, "노 프라블럼." 이는 항상 자신으로 인해 상대방에게 문제가 생겼을 때에만 해당하는 말이었다. 자신에게 문제가 생겼을 때는 무척이나 화를 내는 사람들이 바로 인도인이었다.

이 모든 말인즉슨, 인도에서 처음 보는 인도인에게 "원 루피", "엉클", "프렌드", "노 프라블럼"이라는 말을 듣고 있다면 당신에게 문제될 만한 일이 진행되고 있다는 뜻이다.

다음 날 자이살메르에 도착한 우리는 팻말을 들고 서 있는 한 사내를 보고 아연실색했다. 팻말에 우리 이름이 버젓이 적혀 있었다. 우리를 단번에 알아본 사내가 환하게 웃으며 다가왔다.

"오! 나의 친구들이여!"

그는 우리 배낭을 자기 것처럼 들쳐 멘 다음 미리 대기

시켜놓은 차에 얼른 타라고 말했다.

"확실히 말하는데 우선 방을 본 뒤에 숙박을 결정할 거예요."

내가 단호히 말했다.

"물론! 호텔이 마음에 들지 않는다면 다른 곳으로 가게. 나는 친구로서 자네들을 도와주고 싶을 뿐이야. 우다이푸르에서 만난 그 친구는 나의 형제라네. 형제의 친구는 곧 나의 친구이기도 하지."

어떻게 한 명은 삼촌이라 부르고 다른 한 명은 형제라고 부를 수 있을까. 둘 중 누군가는 거짓말을 하고 있었다. 아니, 실은 삼촌, 형제 사이도 아닐 것 같았다. 나는 절대 이 호텔에 묵지 말아야겠다고 생각하며 차에 올라탔다.

하지만 막상 도착한 호텔은 마음에 꼭 들었다. 시설도 좋았고, 숙박비도 저렴했다. 그는 '친구'인 우리에게 특별히 싼값에 방을 주겠다고 말했다. 나는 그제야 그를 "친구"라고 부르며 악수를 나누었다. 하지만 이때는 몰랐다. 인도를 여행하면서 인도인에게 '친구'라 부를 때면 이미 어떤 문제에 상당히 빠져든 상태라는 것을.

그날 저녁, 사내는 우리에게 낙타 사파리에 대해 설명했다. 나는 4년 전 이곳에 여행 와서 낙타 사파리를 경험했다. 그때의 경험이 굉장히 아름다운 기억으로 남아 있어서 아내와 공유하고 싶었다. 다시금 자이살메르를 찾은 건 그런 이유였다. 하지만 사내가 말한 낙타 사파리는 너무 비쌌다. 내가 고개를 저으며 그건 아니라는 표정을 짓자 사내가 부연 설명을 시작했다.

"친구, 나는 어릴 적부터 낙타몰이꾼으로 일했다네. 그래서 누구도 가지 않은 특별한 코스를 만들어냈지. 여기 오랫동안 산 사람조차 알지 못하는 곳이라네. 여기서 가장 아름다운 곳이고 아주 먼 곳이지. 그러니 비쌀 수밖에 없지 않겠나?"

덧붙여 그는 인생에 몇 번 없는 기회에 돈을 아끼면 안 된다, 마침 내일 스위스 커플이 가장 비싼 코스를 예약했는데 그들과 함께 간다면 특별히 할인해주겠다, 자신은 절대 할인을 해주지 않지만 친구이기에 인심 쓰는 거다, 대신 함께 동행할 스위스 커플에게는 할인받았다는 사실을 비밀로 해달라, 같은 이야기를 속사포로 내뱉었다. 아내는 그가 하는 말에 고개를 끄덕였지만 나는 기가 찼다. 4년 전, 다른 여행사 직원이 했던 말과 토씨 하나 다르지 않았다.

"일단 내일 다른 곳도 알아본 다음에 결정할게요."

내 말이 떨어지기가 무섭게 그가 말했다.

"그럼 더는 싼 가격에 방을 줄 수가 없네."

나도 미련은 없었다. 대화는 거기서 끝이 났다.

나는 노트북으로 다른 곳에서 운영하는 낙타 사파리를 검색하면서 머물 만한 주변 호텔도 알아보았다. 그때 사내가 조용히 다가와 노트북을 얼마에 샀느냐고 물었다. 나는 직감적으로 그가 내 노트북에 관심이 있다는 것을 알아차렸다.

"3,000달러요."

그가 화들짝 놀라며 무슨 노트북이 그렇게 비싸냐고 물었다. 옆에 있던 아내도 덩달아 놀랐다.

"이 노트북은 그 당시 팔던 노트북 중에 가장 성능이 좋은 제품이었거든요."

나는 조금 전 사내가 했던 것처럼 속사포로 부연 설명을 시작했다. 이 노트북으로 말하자면, 지금 나오는 웬만한 노트북보다도 성능이 좋고(그럴 리가?), 디자인도 어디에 내놔도 빠지지 않으며(수많은 흠집을 고풍스럽다고 말할 수 있다면), 이제는 아무리 사고 싶어도 살 수 없기에(단종된 모델이니 이 말은 거짓말이라 할 순 없고), 여행하는 도중에도 여러 번 판매 제안을 받은 노트북올시다.

사내보다 아내가 더 뜨악한 표정을 지었다.

"그래, 그래. 잘 알아들었네. 그래서 중고가는 얼만가?"

나는 팔 생각이 전혀 없다고 말했지만, 사실은 그 반대였다. 이미 낡을 대로 낡아버린 이 노트북을 한국에 돌아가자마자 버릴 생각이었다. 그래서 이번 기회에 무슨 수를 써서라도 이 사내에게 노트북을 팔아넘겨야겠다고 생각했다.

"이 노트북은 저한테 굉장히 소중한 물건이에요. 그런데 가격은 왜 물어보세요?"

내 질문에 사내가 속마음을 털어놓았다.

"호텔에 노트북이 없어서 중고로 하나 장만할 생각이었는데 자네도 알다시피 이곳이 워낙 외진 곳 아닌가? 노트북을 구해보려고 백방으로 알아봐도 쉽지가 않았네."

나는 속으로 쾌재를 부르면서도 짐짓 미안하다는 표정을 지으며 말했다.

"오. 마이 올드 프렌드. 정말 미안하게 됐어요. 나는 이 노트북이 꼭 필요해요. 사실 이건 단순한 노트북이 아니에요. 이 노트북을 사고 나서 모든 일이 술술 풀려서 난 이 노트북을 행운의 부적이라 여기며 간직하고 있어요. 그러니 팔 생각이 전혀 없답니다."

사내는 행운이라는 말에 관심을 보였다.

"아니, 이 노트북이 어떤 행운을 가져다주었단 말인가?"

"이 노트북을 사고 나서 일단 대단히 들어가기 어려운 회사에 들어갔고, 보시다시피 금발 미녀를 아내로 맞아들였지요. 그리고 지금은 세계를 여행하고 있지 않습니까? 생각하고 원하는 것들이 모두 이루어졌단 말이에요. 당신이라면 이런 노트북을 팔 수 있겠습니까?"

내 말에 그는 애가 달았다.

"자네는 행운 운운하는 게 모두 미신이라는 걸 모르나? 나는 단지 노트북이 필요할 뿐일세. 자네야 한국에 가서 새로운 것을 사면 되지 않나? 그리고 자네는 이미 모든 행운을 얻었는데 무슨 행운이 더 필요하단 말인가? 그러니 그 노트북을 나한테 파시게. 사실, 나는 지금 새로운 사업을 준비 중이라 행운을 가져다주는 노트북이 꼭 필요하다네. 자, 얼마를 원하나? 계속 안 판다고만 하지 말고 일단 말이라도 해보게."

"흠…… 사정이 정 그렇다면 친구니까 특별히 할인해서 1,000달러에 드릴게요."

말을 한 나조차 깜짝 놀랄 가격이었다. 그는 안타까운 표정으로 고개를 저었다. 나도 어쩔 수 없다는 듯 고개를 저었다. 그러고는 멍하니 우리 이야기를 듣고 있던 아내를 이끌고 방으로 돌아왔다.

"사고 싶다고 할 때 적당한 가격에 팔지 그랬어? 어차피 버리려고 했던 거잖아."

아내가 핀잔했지만 나는 자신 있었다.

"아니야. 곧 방문을 두드릴 거야."

한 시간이 지났다. 정말 노크 소리가 들렸다. 다급한 손놀림이었다. 나는 비집고 나오는 웃음을 간신히 참으며 태연한 표정으로 방문을 열었다.

"이봐! 가장 비싼 낙타 사파리를 공짜로 제공하고 이곳에서 며칠을 머물건 방값을 받지 않겠네. 거기에 저녁 식사도 대접하지."

나쁘지 않은 조건이었다. 하지만 쉽게 넘어갈 수는 없었다. 나는 몇 번이나 거절했고 사내는 한사코 노트북을 자기에게 달라고 청했다. 마침내 나는 졌다는 듯 그에게 말했다.

"어쩔 수 없네요. 제가 졌어요. 이 노트북과 나의 인연은 여기까지인 모양입니다. 자, 가져가세요."

사내가 뛸 듯이 기뻐했다.

다음 날, 우리는 낙타 사파리를 떠났다. 그리고 얼마 지나지 않아 이상한 낌새를 눈치챘다. 우선 가장 비싼 코스에 함께한다던 스위스 커플은 안 보이고 그 대신 스페인에서 온 돈 없는 젊은 여행자들만 보였다. 그리고 앞으로 나타날 장소들이 눈에 훤했다. 저 코스를 돌고 나면 왠지 오래된 나무 한 그루가 나올 것 같다, 생각되면 어김없이 오래된 나무 한 그루가 나타났고, 저 언덕을 넘으면 풍력발전팬이 보일 것 같다, 생각되면 어김없이 풍력발전팬이 나오는 식이었다. 마치 데자뷰 같았다. 게다가 호텔 사내 말대로라면 어느 누구도 다니지 않는 길이어야 했는데, 우리가 지나가는 길 옆으로는 자동차도로가 붙어 있었다. 그 길을 가만히 보고 있다가 지금 이 코스는 4년 전 내가 갔던 가격이 가장 싼 사파리 코스와 완벽하게 같은 코스라는 것을 깨달았다. 그래도 확인이 필요했다. 나는 스페인 여행자를 붙잡고 가장 비싼 사파리 코스에 온 거냐고 물었다. 그러자 그 사람은 뭐 그런 웃기는 질문을 다 하냐는 듯 비웃으며 성의 없이 답했다.

"가장 싼 코스요."

나는 낙타를 타고 뜨거운 사막 위를 돌아다니며 호텔로 돌아가면 친구인지 웬수인지 모를 이 녀석을 어떻게 혼내줄까 생각했다. 마음속에 증오가 이글거려서 머리 위 뜨거운 태양 따위는 아무것도 아니었다. 나는 애꿎은 낙타몰이꾼에게 계속 낙타가 맘에 들지 않는다며 화를 냈다. 4년 전 그토록 아름다웠던 사막은 온데간데없었다.

밤이 되었다. 나는 흙이 씹히는 맛없는 카레를 오직 허기의 힘으로 먹어치웠다. 저녁을 먹은 뒤 아내와 나, 스페인 여행자들, 낙타몰이꾼 다섯 명 모두가 불 주위에 둥그렇게 둘러앉았다. 막 보름달이 떠오른 사막은 묘한 기운을 뿜어냈다. 누군가는 춤을 추었고, 누군가는 노래를 불렀으며, 누군가는 이야기를 시작했다. 하지만 나는 여전히 화가 나 있었다.

그런데 갑자기 낯익은 얼굴이 눈에 들어왔다. 낙타몰이꾼들 중 가장 어린 소년이었다. 4년 전 내 낙타를 몰았던 꼬마가 나이를 먹었다면 저 소년 정도 되지 않았을까 싶었다. 나는 소년에게 다가가 물었다.

"몇 살이니?"

"열세 살요."

"혹시 4년 전에도 이 일을 했었니?"

"네."

"혹시 그때 낙타 뒤를 따라다니면서 낙타 똥을 줍지 않았니?"

"네. 그걸 어떻게 아세요?"

소년의 눈이 동그래졌다.

"세상에! 네가 맞구나!"

나는 신기하고 반가운 마음에 소년의 머리카락을 마구 흩뜨리면서 외쳤다.

　　"4년 전에 내가 이곳에서 낙타 사파리를 할 때 내가 탄 낙타를 몰아주던 꼬마가 바로 너인 것 같아!"

　　그러자 낙타몰이꾼 모두가 놀랐다.

　　"이런 일은 처음입니다! 이곳엔 500명도 넘는 낙타몰이꾼이 있어서 같은 몰이꾼을 다시 만나기란 쉬운 일이 아니에요!"

　　한 낙타몰이꾼이 흥분해서 말했다. 굉장한 우연은 분명했다. 누가 똑같은 싸구려 사파리 투어를 두 번이나 하겠는가? 나는 호텔로 돌아가 4년 전에 찍었던 사진을 확인해보면 그때 그 꼬마가 지금 눈앞에 있는 소년인지 확실하게 알 수 있을 거라고 말했다.

　　그리고 다음 날, 호텔로 돌아오자마자 노트북으로 4년 전 사진을 찾았다. 그러고는 전날 찍은 소년 사진과 대조해보았다. 소년뿐 아니라 다른 낙타몰이꾼 모두가 4년 전 내가 만났던 이들이었다. 나는 너무 놀라 크게 소리를 지르고 말았다. 놀란 사내가 재빨리 달려와 무슨 문제라도 생겼냐고 물었다. 나는 그에게 내가 겪은 신기한 일을 말해주었다.

그 역시 굉장히 놀라며 '있을 수 없는 일'이라고 했다. 그때 정신이 번쩍 들었다. 내가 지금 이 친구와 웃고 있을 때가 아니었다.

"당신은 분명 가장 비싼 코스를 제공하겠다고 했는데 새빨간 거짓말이었어요. 이번 코스는 4년 전 내가 갔던 가장 싼 코스와 판박이처럼 똑같았으니까요! 하물며 낙타 몰이꾼까지 똑같았다고요! 아니 어떻게 그런 거짓말을 할 수가 있어요?"

"친구, 그건 결코 내 잘못이 아니야. 모두 자네가 지닌 그린 카르마 때문에 일어난 일이지."

"그게 뭔데요?"

"카르마는 업이라는 뜻이야. 카르마에는 그린 카르마와 레드 카르마가 있어. 그린 카르마는 건강한 에너지로 이루어진 카르마고 레드 카르마는 나쁜 에너지로 이루어진 카르마야. 이번 경우는 자네가 그 소년과 매우 강력한 그린 카르마로 이어져 있어서 내가 어찌 손쓸 방법이 없었던 거야. 그렇게 그린 카르마로 이어진 소년을 만나게 되었는데 기뻐해야지 어찌 화를 내고 있나. 정말 나 때문이라면 내게 화낼 게 아니라 고마워해야 하지 않겠나?"

그는 눈도 깜빡거리지 않고 말했다. 나는 반박하고 싶

었지만 그 소년과 다시 만난 게 정말 기뻤기 때문에 이쯤 해야겠다고 생각했다. 어차피 노트북도 버릴 거였다. 버릴 노트북을 비싸게 팔아넘기려 했던 내 마음이 싸구려 낙타 사파리로 되돌아온 것이라 여기자고 생각했다.

다음 날, 나는 실소를 금할 수 없었다. 내 오래된 노트북이 호텔 로비에 있는 손이 닿지 않는 높은 선반 위에 놓여 있었다. 깨끗하게 닦여 빛이 나는 노트북은 온갖 화려한 꽃들로 장식되어 있었다. 작은 신전을 보는 것 같았다. 내가 노트북을 멍하니 바라보고 있자 사내가 다가와 말했다.

"정말이지 엄청난 그린 카르마가 담긴 노트북이야. 자네 말이 틀리지 않았어!"

내 오래된 노트북은 그렇게 인도에서 신으로 다시 태어났다.

갠지스강의
축복

갠지스강에 인도 여인의 이마에 찍힌 점처럼 붉은 노을이 드리웠을 때, 나는 가트를 걷고 있었어. 그때 한 인도 노인이 대뜸 악수를 하자고 했지. 오랫동안 머리를 감지 않아 바람이 그대로 언 것 같은, 흰머리를 길게 기른 노인이었어. 그가 걸친 것이라고는 누런 넝마 같은 옷뿐이었지. 나는 그가 이곳의 많은 구루 중 한 명일 거라고 생각했어. 악수를 하자 그는 내 손바닥을 꾹꾹 누르기 시작했어. 구루가 아니라 안마사였던 거야. 그가 해주는 손 안마는 매우 훌륭했어. 내가 감탄하자 그는 내게 전신 안마를 받지 않겠느냐고 물었어. 나는 얼마냐고 물었지. 그는 200루피라고 말했고 나는 50루피로 흥정했지. 아차. 그런데 어디서 안마를 받지? 흥정을 하다 보면 막상 가장 중요한 것을 놓치곤 해. 그래, 마치 인생처럼. 그는 잠시 기다리라고 하고선 어디선가 넝마 하나를 가지고 왔어. 그러더니 사람들이 오가는 길바닥에 깔고서 나보고 누우라는 거야. 나는 넝마가 바닥보다 더러워서 이걸 어째야 하나 망설였어. 하지만 한참동안 흥정을 해서 가격을 깎았고, 노인이 넝마까지 구해 왔는데 이제 와서 안마를 받기 싫다고는 차마 말할 수가 없더군. 나는 포기하다시피 그곳에 누웠어. 그가 해주는 안마는 참 훌륭했어. 나는 눈을 감고 안마를 즐겼지. 하지만 곧 무언가 이상하다는 걸 느끼곤 눈을 떴어.

첫 번째 문제는 수많은 관광객이 노상에 누워 안마를 받고 있는 나를 구경하기 시작했다는 거였어. 머리가 하얗게 센 한 백인 노인은 커다란 카메라로 계속 자리를 옮겨가며 여러 각도에서 안마를 받고 있는 나를 찍어대더라고.

두 번째 문제는 안마사 두 명이 더 붙었다는 거였지. 안마사 세 명이 동시에 나를 주무르고 있었던 거야. 나는 다른 안마사들에게 처음 흥정했던 노인에게만 돈을 줄 것이니 허튼 수작 부리지 말라고 했어. 그 둘은 내가 확실히 구두쇠라는 것을 안 뒤에야 떠났어.

그러자 이번엔 안마를 하고 있는 노인이 나에게 행복하냐고 묻는 거야. 정말 아무 생각 없이 느긋하게 안마를 받기가 힘들더군. 나는 싫은 소리는 못 하는 사람이라 행복하다고 말했지. 그랬더니 그가 안마값으로 300루피를 달라는 거야. 나는 50루피로 정한 가격을 왜 이제 와서 300루피로 올리려고 하는지 물었어. 그는 자신이 날 행복하게 해주었기 때문이라고 답했지. 그래서 나는 딱 50루피만큼만 행복하다고 말했어. 그러자 그는 자기가 해주는 안마가 별로냐고 물었어. 나는 당신이 해주는 안마는 300루피만큼 훌륭하지만 관광객들에 둘러싸여 안마를 받는 것이 영 불편했고, 게다가 다른 안마사 두 명이랑 실랑이를 벌이느라 오히려 피곤해졌다고 했지. 게다가 당신마저 처음 약속과 달리 계속 300루피를 달라고 해서 오히려 안마를 받기 전보다 머리가 더 지끈거린다고 했어. 그러자 그가 나에게 말했어.

"그대는 왜 그대에게 오는 모든 행복을 스스로 막고 있는가? 행복하지 않다고 느낀다면 행복이 찾아오지 않는 것을 원망 말고, 왜 찾아오는 행복을 그대로 받아들이지 못하고 있는지 한번 생각해보게."

4년 전, 바라나시에서 겪었던 이야기다. 내가 이 일을 이야기해줬더니 아내는 자기도 바라나시에 가보고 싶다고 말했다. 나도 아내와 함께 추억 속 가트를 한 번 더 걷고 싶었다.

하지만 우리가 바라나시에 도착했을 땐 기록적인 호우로 갠지스강이 범람해 가트 대부분이 물속에 잠겨 있었다. 가트를 따라 걷는 것은 불가능했다. 우리는 골목길을 따라 걷다가 침수되지 않은 가트만을 부분적으로 슬쩍 둘러볼 수밖에 없었다.

세 번째 가트에 갔을 때, 고급 카메라를 멘 인도인을 만났다. 그는 크기만으로도 비싸 보이는 카메라로 연신 물에 잠긴 바라나시를 찍어댔다. 여느 부유한 서양인과 다르지 않게 고급스러운 선글라스와 폴로 티셔츠를 걸치고 있었다. 뭄바이에서 왔다고 자신을 소개한 그가 새하얀 치아를 드러내며 말했다.

"마더 강가지(갠지스강의 여신)께서 노하신 거죠. 이번 호우로 얼마나 많은 사람이 죽었는지 몰라요."

그는 어디에서는 몇 명이 죽었고, 또 어디에서는 몇 명이 죽었는지 자세히 알려주었다.

"은행 다니시나 봐요?"

내가 물었다.

"아니, 어떻게 알았죠?"

그가 의아해하며 되물었다.

"보통 사람 같으면 그냥 사람이 많이 죽었다고 하거든요. 몇 명이 죽었다, 이런 것을 정확한 수치로 말하는 사람은 대부분 숫자에 관련된 일을 하는 사람이죠."

"어떻게 그런 걸 알고 있죠?"

"저도 그쪽에서 일했거든요."

내가 웃으며 말했다. 그가 나에게 어떤 회사에 다녔고, 어떠한 일을 했는지 물어보고 있는데 갑자기 원숭이가 나타났다. 그는 내 대답을 듣지도 않고 원숭이에게 카메라를 들이댔다.

"나는 이만 가봐야겠어요. 암튼 좋지 않은 때에 바라나시에 왔군요. 멀리서 왔는데 참 안됐네요. 신이 노하신 걸 어쩌겠어요? 인간의 힘은 이토록 나약한 것이지요."

우리는 그와 헤어진 뒤에 다음 가트로 건너갔다. 바라나시 청년들이 물에 잠긴 전봇대 꼭대기에서 멋지게 다이빙을 하고 있었다. 건너편 건물에서 그들을 바라보던 인도 처녀들이 흐뭇한 표정을 짓다가 이내 함박웃음을 터뜨렸다. 다른 지방에서 온 것처럼 보이는 인도인들은 손으로 정성스레 강물을 떠서 머리 위에 뿌려댔다. 수염을 풍성하게 기른 인도 노인이 옷을 벗고 갠지스강으로 뛰어들자 그곳에 있던 많은 사람이 박수를 치며 그를 축복해주었다. 막 다이빙을 마치고 강에서 나온 인도 청년이 가트에 우두커니 서 있는 내게 외쳤다.

"갠지스강에서 같이 수영해요. 축복이 그대와 함께할 거예요."

나는 손을 내저으며 사양했다. 바로 다음 가트에서 화

장이 이루어진다는 걸 알고 있었기 때문이다. 수영을 하다가 타다 만 시체와 만날지도 모를 일이었다. 나는 뭔가를 꽤나 안다는 표정으로 청년에게 말했다.

"신이 노하셔서 강이 이렇게 된 거잖아요. 다음에 신이 노여움을 푸셨을 때 수영을 할게요."

그러자 청년이 크게 웃으며 말했다.

"우리가 이토록 신나게 수영을 하는데 신이 노하시긴요!"

"사람이 죽고 집이 물에 잠기지 않았나요?"

"그건 과거에 일어난 일이지 현재 일이 아니지요. 지금 이곳에 행복이 있는데 왜 지나간 일을 돌아보며 눈앞에 있는 행복을 회피하려 하세요?"

나는 이 청년과 더 말을 주고받다가는 강에 들어가야만 할 것 같다는 불길한 예감이 들었다. 다행히 청년은 곧 친구들과 현재의 행복을 즐기기 위해 전봇대 위로 올라갔다. 그가 힘차게 강으로 뛰어드는 걸 지켜보고 있는데, 이번에는 뱃사공이 다가와 말을 걸었다.

"곧 석양이 물들기 시작할 텐데 갠지스강에서 보트를 타보는 건 어떤가?"

"얼마예요?"

"400루피라네."

"뭐가 그렇게 비싸요?"

"그대도 알겠지만 홍수로 물살이 너무 세져서 보트를 운전하는 게 쉽지가 않아. 그래서 평소 뱃삯의 세 배를 받을 수밖에 없네."

"나는 그만한 돈이 없어요. 그러니 가트에 서서 석양을 바라볼게요."

"갠지스강에는 들어가봤나?"

"아니요."

"그럼 그대는 축복을 받기 위해서라도 갠지스강을 가르는 이 보트를 타야 하네."

뱃사공은 내가 무언가 대단한 것을 놓치고 있다는 표정으로 말했다. 그게 내가 축복을 놓치고 있다는 뜻인지 자신이 손님을 놓치고 있다는 뜻인지는 알 수 없었다.

"갠지스강에 들어간다고 해서 정말 복이 생겨날까요?"

내가 무심하게 물었다. 그는 무슨 뜻이냐는 표정을 지으며 나를 바라봤다.

"좋은 일이 생기면 그저 갠지스강에 들어갔기 때문이라고 생각할 수 있겠죠. 하지만 인도인은 모든 일이 오래전부터 계획되어 있다고 믿잖아요. 그럼 원래 계획되어 있지 않았던 축복이 갠지스강에 들어간다고 생겨날 수는 없지 않나요?"

나는 인도인의 사상을 역이용하며 말했다. 그는 잠시 아무 말이 없었다. 나는 말이 청산유수인 인도인의 말문을 막아버렸다는 데 희열을 느꼈다. 그러나 곧 자신만의 논리를 준비한 뱃사공이 입을 열었다.

"자네 말이 맞네. 하지만 갠지스강에 들어가지 않는다면 자네에게 주어진 행복을 과연 발견할 수 있을까? 행복은 주어지는 것이 아니라 발견하는 데서 오는 거라네."

그가 하는 말은 사람들이 행복을 찾기 위해 노력하고, 조그만 것에도 의미를 부여하기 때문에 행복해질 수 있다는 뜻이었다. 나는 또 말문이 막혀버렸다. 바라나시에는 축복을 전하는 사람들이 참으로 많았다. 특히 하루 종일 시신을 태우고, 수많은 아낙네가 빨래를 하고, 오랫동안 목욕하지 않은 순례자들이 몸을 씻는 갠지스강에 들어가려는 외국인들에게는 더욱 큰 축복을 빌어줬다. 이마에 주황색 점도 찍어줬고, 머리에 손을 얹은 뒤 눈을 감고 축복의 주문을 외워주기도 했다. 그들은 내게 없던 축복을 빌어주는 게 아니었다. 내게 항상 존재했던 행복을 발견할 수 있도록 도와주고 있었다.

"행복은 주어지는 것이 아니라
발견하는 데서 오는 거라네."

여행의 끝

우리는 웃돈을 조금 주고서 루프톱 방을 얻었다. 가트가 물에 잠겨 있었기에 이렇게라도 강을 바라보고 싶었다. 방은 기대에 걸맞게 갠지스강의 멋진 전망을 선사했다. 이곳에 있으면 굳이 질척한 가트에 가지 않아도 청년들이 수영하는 모습, 순례자들이 축복받기 위해 몸에 강물을 끼얹는 모습, 아낙들이 수다를 떨며 빨래하는 모습을 모두 볼 수가 있었다. 게다가 저녁이면 갠지스강을 물들이는 아름다운 석양을 만끽할 수 있었다.

하지만 이 방에도 단점은 있었다. 바람이 많이 부는 날이었다. 바람에 느슨한 잠금장치가 풀리면서 창문이 열린 모양이었다. 인기척에 잠에서 깨보니 원숭이 한 마리가 재빠르게 움직이고 있었다. 녀석의 손에는 그날 사 온 과일이 몽땅 들려 있었고, 손이 모자라 집지 못한 과일은 죄다 볼 안에 있었다. 게다가 아내 신발 한 짝도 품 안에 꼭 쥐었다. 나는 꽥, 소리를 질렀다. 깜짝 놀란 원숭이가 아내 신발만 버려둔 채 황망하게 창문 밖으로 뛰쳐나갔다.

이 일 이후, 우리는 창문이 절대로 열리지 않도록 창문 앞에 무겁고 큰 배낭을 올려놓았다. 원숭이의 침입은 면했지만 경치도, 바람도 느낄 수가 없었다. 굳이 더운 방에 머물 이유가 없어 우리는 1층 로비에서 주로 머물렀다. 그러다 매일 밤 9시쯤이면 낡은 천 쪼가리 한 장을 걸친 인도인이 게스트하우스 문 앞에 자러 온다는 사실을 알게 되었다. 그는 자신이 자려는 곳에 미리 자리 잡고 있는 개들이 있으면 호통을 치며 쫓아냈다. 그러고는 쇠똥과 돌을 치우고 넝마를 깐 뒤 그 위에 드러누워 금세 코를 골았다. 그런 그를 홀 끔대고 있을 때 게스트하우스 주인이 다가와 흥미로운 이야기를 해주었다.

"왜 여기 이름이 굳이 'PAYING GUEST HOUSE(돈을 내야 하는 게스트하우스)'인 줄 알아? 문 앞에 자러 오는 저 남자 때문이야. 원래는 그냥 'GUEST HOUSE'였어. 그런데 얼마 전에 저 남자가 찾아와서는 자신이 바로 그 '손님'이니 여기서 무료로 잠을 자겠다는 거야. 손을 내저으며 내보냈는데도 계속 찾아오길래 게스트하우스 이름을 'PAYING GUEST HOUSE'로 바꿔버렸지. 그랬더니 저 남자가 그럼 문 앞에서 자는 건 괜찮냐고 묻더라고. 나는 그건 문제없다고 말했어. 그날부터 매일 밤 저 남자가 여기 찾아오기 시작했지."

나는 그가 거지냐고 물었고, 주인은 이번 침수로 집을 잃은 사람이라고 알려줬다.

그날도 루프톱 더위를 이기지 못하고 로비로 내려오는

중이었다. 게스트하우스 밖으로 남자가 보였다. 다른 날보다 일찍 게스트하우스를 찾은 남자가 이곳에 들어서는 여행객들과 이야기를 나누고 있었다.

"이번 침수로 집이 잠겨서 여기 오신다면서요?"

내가 다가가 그에게 측은한 표정으로 말했다.

"그래 맞아. 이번에 집이 완전히 잠겨버렸지."

그가 웃으며 말했다.

"불편하시겠어요. 물이 빨리 빠져야 할 텐데."

"불편할 게 뭐 있겠소? 집이 있을 땐 점점 차오르는 물이 언제 집을 삼킬까, 늘 걱정이었소. 걱정대로 집은 완전히 물에 잠겨버렸지. 그런데 집이 사라지니 걱정도 사라졌소. 마음이 그렇게 편할 수가 없어. 게다가 여긴 바람도 잘 부니 집보다 훨씬 낫소."

그는 어슬렁거리며 다가오는 개를 막대기로 쫓아내며 말했다. 순간 원숭이가 생각났다.

"여기 원숭이들 굉장하잖아요. 주무시는 동안 원숭이들이 해코지라도 하면 어떡해요?"

"내가 가진 거라곤 깔고 자는 넝마뿐인데 이걸 바란다면 내주면 되겠지."

말을 마친 그가 껄껄 웃었다. 근심이라곤 없어 보였다.

나는 더 할 말이 없어 인사를 나누고는 방으로 올라왔다. 침대에 누우니 창문을 가리고 있는 배낭이 보였다. 심란했고, 게다가 더웠다. 잠이 오지 않았다.

다음 날 아침, 나는 찌뿌듯한 몸을 이끌고 로비로 내려왔다. 아직 자리를 뜨지 않은 남자가 넝마 위에 앉아 명상에 잠겨 있었다. 무척이나 잠을 잘 잔, 꽤나 평온한 얼굴이었다. 그가 명상을 마칠 때까지 나는 커피를 마시며 개들이 이리저리 장난치고 있는 모습을 바라봤다. 이윽고 명상을 마친 그가 내게 인사를 건넸다.

"지난밤에는 잘 잤소?"

"아니요. 더워서 잠을 잘 수 없었어요. 그나저나 갠지스강 수위가 점점 낮아지고 있는 것 같네요."

"집에 돌아가야 할 때가 오고 있는 거지."

"어제는 집이 없는 게 더 좋다고 하셨잖아요. 이곳에 머물 생각이 있는 건 아니세요?"

"집이 있으니 집으로 돌아가는 거지."

그가 대수롭지 않다는 듯 말했다.

"집으로 돌아가면 또 집에 대한 집착이 생기지 않을까요?"

"집이 있고 없고는 중요하지 않다네. 집에 집착하느냐 아니냐가 중요하지. 거지가 수중에 돈이 없다고 해서 돈 욕심마저 없다고 할 수는 없는 것처럼 말일세."

나는 머리를 세게 얻어맞은 것 같았다. 지금껏 내 안에서 맴돌던 질문 퍼즐이 하나씩 제자리를 찾아가는 것 같았다.

나는 오랜 여행으로 지쳐 있었다. 하지만 여행을 끝내는 게 두려웠다.

여행을 마치면 무엇을 하지?

전보다 나은 삶을 살지 못하면 어떡하나? 그러면 주변 사람들은 나를 어떻게 생각할까?

나는 여전히 불안했다. 나를 옭아매는 것으로부터 떠난다면 이 불안이 해소될 거라 믿었다. 하지만 여전히 불안한 마음이 떠나질 않았다. 그런데 오늘에서야 알 것 같았다. 모든 걸 내려놓았다고 생각했지만 실제로는 집과 직장, 그리고 돈과 명예와 성공에 대한 집착을 여전히 배낭에 꾹꾹 담아 늘 메고 다녔다는 것을. 그러니 여전히 불안할 수밖에 없었다.

나는 한없이 홀가분해진 나를 발견했다. 그리고 불안은 내 마음이 만들어낸 허상이라는 걸 깨달았다. 그러자 어디선가 나타난 환한 빛이 나를 감싸는 것 같았다.

　　나는 기쁜 마음으로 한달음에 루프톱까지 올라갔다. 그러고는 창문 앞의 배낭을 바닥에 내려놓고 닫혀 있던 문을 활짝 열어젖혔다. 그곳엔 맑고 푸른 하늘과 하얀 구름, 영험한 갠지스강, 그리고 시원한 바람이 있었다. 이렇게 멋진 광경과 신선한 바람은 늘 그곳에 있었다. 그걸 막아둔 건 다름 아닌 나 자신이었다.

　　나는 아내에게 이제 여행을 그만하고 싶다고 말했다.
　　아내가 웃으며 그러자고 했다.

멋진 광경과 신선한 바람은
늘 그곳에 있었다.
그걸 막아둔 건 다름 아닌
나 자신이었다.

미래책들
MIRAE BOOKS

**여행은
결국,

누군가의
하루**

ⓒ 정태현

초판 1쇄 발행 2023년 7월 7일

지은이 정태현
편집 김정현
일러스트 포노멀
디자인 여만엽
인쇄 예림인쇄
발행처 미래책들
펴낸이 정태현

출판등록 제2023-000016호
전자우편 miraebookskor@naver.com
홈페이지 blog.naver.com/miraebookskorea
인스타그램 @taehyun.writer
유튜브 @miraebooks

ISBN 979-11-982824-0-8 03810